KB264375

남녀비 1:5
세계에서도
평범 하게
살 수 있을 줄
알았어? 2
~사랑이 무거운 그녀들이 무자각 남자에게 농락당한다면~
DUNK
글 ― 미후지 코타로
그림 ― jimmy

"아, 그게……
타사카 씨의, 이 책을 읽고 있었는데……."

……위험해, 위험해.
아니, 잠깐. 북커버(가짜 표지)는 장착해 둔 상태.
내용물이 야설이라는 건 들키지 않았어.

시노미야 시오리

청초 계열 문학소녀……인 척하지만
뒤에서는 마사토를 덕질하는
음침 오타쿠……?!

왜 말려주지 않는 거야……?
좋은 사람 따윈, 없어……
내게는 너밖에 없는데……?

남자라면 누구든 좋다고는
절대로 생각하지 않는다. 그런데도.
마사토한테는 어째선지
자꾸만 끌리고 만다.
코우미가 좋아하는 사람인데.
절대로 좋아해서는 안 되는데.

"응, 귀엽네. 아주 잘 어울려."

“어, 어떤가요……?”

[CONTENTS]

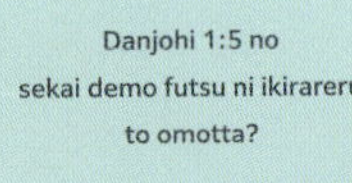

남녀비 1:5 세계에서도 평범하게 살 수 있을 줄 알았어? ②

~ 사랑이 무거운 그녀들이 무자각 남자에게 농락당한다면 ~

Danjohi 1:5 no
sekai demo futsu ni ikirareru
to omotta?

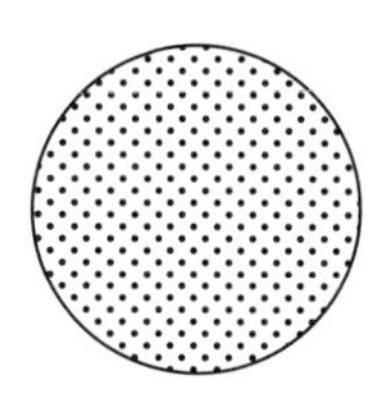
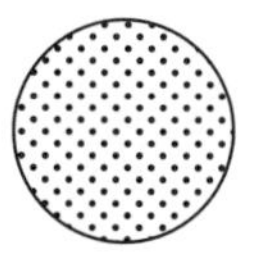

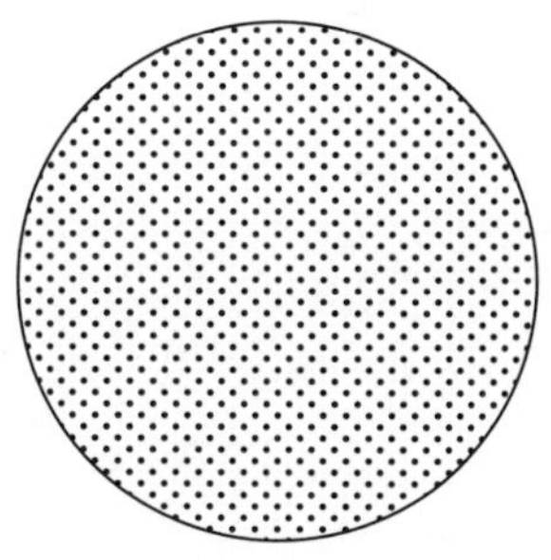

글 — 미후지 코타로

그림 —— jimmy

커버 그림, 본문 일러스트 | **jimmy**

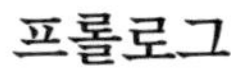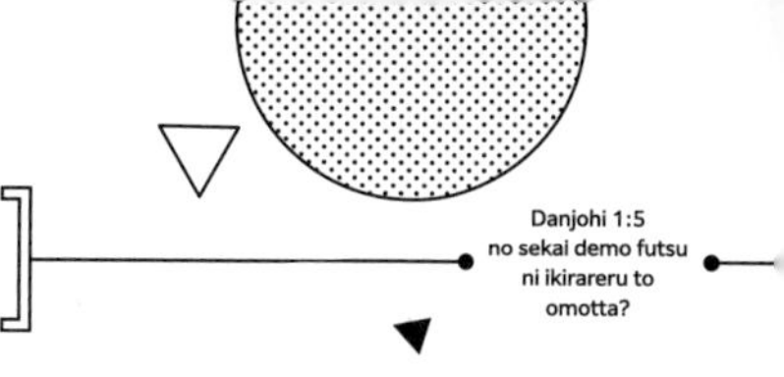

프롤로그

"다녀왔어요~."

집으로 돌아오면 이 「다녀왔어요」라는 인사만은 빼먹지 않으려고 한다. 엄마한테 무사히 돌아왔다는 걸 알리고 싶고, 반대로 집에 있을 때 「다녀왔어」라는 목소리를 들으면 엄마가 왔다는 걸 확인할 수 있으니까. 사소하긴 하지만, 내게는 그런 고집이 있다.

"어서 오렴."

……어?

신발을 벗고 있으니 뒤에서 그 목소리가 들렸다. 그건 「다녀왔어요」라는 인사에 정확히 호응하는 대답임에도 그 음색이 『남자』의 것이라서 깜짝 놀랐다.

이 세상에서 남자가 적어진 지 수십 년이 지났다. 현재 일본의 남녀비는 상당히 치우쳐 1:5가 되고 말았다. 그래서 요즘에는 여자가 남자를 덮치는 사건이 벌어지고 있고, 일부 다처제를 도입하자는 목소리까지 나올 정도다.

그리고 우리 집도 요즘에는 별로 드물지 않은 모녀가정이다. 물론 오빠나 남동생도 없어서 기본적으로 우리 집에 남자가 있을 리가 없는데…….

어째서 우리 집에 남자가? 깜짝 놀라서 뒤를 돌아봤더니…….

11

"ㅇㅇㅇㅇㅇㅇ오빠?!"

"응. 유카, 어서 오렴."

생글생글 웃으면서 나를 맞이해준 사람은 카타사토 마사토 씨였다. 내가 존경하는 사람이자…… 많이 좋아하는 사람.

앗, 이런 말을 하고 있을 때가 아니다. 왜 마사토 오빠가 우리 집에?

아니, 그보다도 왜 당연하다는 듯 내가 귀가하기를 기다려준 거야? 여긴 천국이야?

"오늘도 고생했어. 유카."

"호엥, 아니, 저기, 예……?"

머릿속이 어지러웠다. 대체 뭐가 어떻게……?

"유카, 식사 할래? 목욕 할래? 아니면…….."

이, 이건……! 픽션에서만 볼 수 있는 장면이 지금 눈앞에서 펼쳐졌다. 나는 침을 꿀꺽 삼키고서 다음에 나올 말을 기다렸다.

그러자 오빠는 조금 창피한지 웃으며 말했다.

"……오빠로 할래?"

"오빠로 할게요(즉답)."

그 목소리가 반사적으로 나왔다. 나는 음속으로 신발을 벗어 던지고서 그런 갸륵한 오빠의 품속으로 뛰어들었는데——.

삐삐삐삐, 삐삐삐삐, 삐삐삐삐.

"……음, 뭐, 그럴 줄 알았어……."

그건 일종의 당연한 결말이었다.

요란하게 울어대며 아침을 알리는 자명종 머리에 춉을 먹이면서 나는 한숨을 내쉬었다.

요즘엔 이런 꿈만 꾼다. ……뭐, 물론 내가 늘 오빠 생각만 한다는 게 이유 중 하나겠지만…….

기지개를 크게 켜다가 불현듯 침대에서 보이는 위치에 놓인 농구공이 눈에 들어왔다. 케이스에 담겨 있는 그 공은 지금 아무 말도 없이 그저 가만히 놓여 있었다.

얼마 전에 선배들이 조금 가혹하게 지도를 했던 때를 떠올렸다. 솔직히 나는 동급생들 중에서도…… 그리고 선배들 중에서도 농구를 꽤 잘한다고 자각하고 있었다. 그리고 학교에서도 괴롭힘을 당했기에 어느 정도 각오는 했다.

그래도 그날은 특히 지독해서…… 정말로 쓰러질지도 모르겠구나 싶었던 차에.

『상당히 재밌을 것 같은 연습을 하고 있네.』

지금 떠올려 봐도 그때의 감정이 온몸을 휘돈다. 나를 도와주러 온 사람이 많이 좋아하는 오빠였기에.

이야기에 등장하는 왕자님처럼 씩씩하게 나를 도와줬던 오빠.

정말로 기쁘고, 좋아한다는 감정을 다시 확인하고서 창피함도 몽땅 잊고서 끌어안았던 그때의 감정은 평생 잊을 수 없다.

　……그래도.

　나는 두 손을 펴고서 내려다봤다.

　아직도 작고 어린 나의 몸.

　이런 상태로는 오빠는 나를 연애 대상으로 봐줄 것 같지 않았다. 내가 조금 더 어른이 된다면.

　"하아……."

　요즘에는 늘 이 생각만 한다. 다시금 침대에 벌러덩 드러누웠다. 졸음은 이미 싹 달아나서 다시 자려고 해도 안 될 것 같았다.

　"……좋아한다고 말하면 어떻게 될까?"

　그러고는 한동안.

　나는 이불 속에서 스마트폰에 담긴 오빠 사진을 물끄러미 바라봤다.

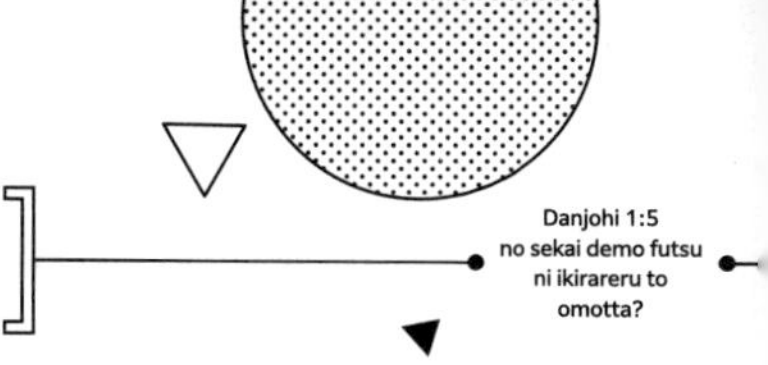

문학소녀 여고생은 청초?

문학소녀 여고생은 정숙하다

이 세계에 온 지 두 달이 지났다.

느닷없이 왔을 때에는 어떻게 살아갈지 막막했는데, 의외로 어떻게든 되는구나.

뭐, 애당초 정조 관념이 조금 이상할 뿐 다른 건 바뀐 게 없으니 당연하다면 당연한가?

이세계로 훌쩍 날아가서 당신은 용사입니다, 라는 소리를 들었다면 기겁했겠지만, 여기는 일반인인 나도 평범하게 살아갈 수 있을 만큼 상냥한 세계다.

"후아아~ 졸려……."

오늘은 토요일이라서 강의는 없다.

토요일 강의도 있다고는 하는데 코우미도 신청하지 않았다고 했고, 나도 토요일은 쉬고 싶은 사람이다.

벽에 걸린 시계를 봤다. 시각은 오전 10시 반.

어제 한밤중까지 일한 걸 생각하면 꽤 분발했다고 할 수 있겠지.

"오늘은 분명…… 15시부터였지……. 으─음, 일단 점심이나 차려 먹을까……."

오늘은 15시부터 일정이 있다.

나는 잠에 취하여 흐리멍덩한 눈을 비비며 침대에서 느릿느릿 나왔다. 그러면서 머리맡에 놔뒀던 스마트폰을 주워서 봤더니 알림이?

《코우미》『뭐야, 엄청 웃겨ㅋㅋㅋ』

《코우미》『그래서 결국 마사토는 무슨 알바 하는 거야~』

"……무슨 대화를 나눴더라……."

코우미는 연락처를 교환한 후로는 이렇게 메시지를 하루에 두어 번 보낸다.

뭐, 그 정도는 예전 세계에서도 곧잘 했던 커뮤니케이션이라서 나도 즐겁게 응답하고 있지만.

"역시나 바에서 일한다는 얘기는 차마……."

코우미의 권유를 거절했기에 금요일 밤에 아르바이트를 하고 있다는 사실은 들켰다.

하지만 이 대목에서 바보처럼『보이즈 바에서 일하고 있어ㅎㅎ』하고 밝혔다가는『뭐……? 역겨워……』라거나『수수한 네가……?』하고 말할 게 뻔하다. 나도 그렇게까지 바보는 아냐.

하지만 나는 다음 수를 떠올렸다.

"맞아! 이거라면 괜찮겠지."

스마트폰 화면에 뜬 자판을 손가락으로 재빠르게 두드렸다.

《카타사토 마사토》『아니— 그게 말이야. 실은 가정교사를 하고 있거든.』

좋아. 이거라면 문제없겠지.

그래, 나는 가정교사 일도 하고 있다.

토요일 15시부터.

이쪽을 말해둔다면 아무 문제도 없겠지. 평범한 아르바이트다. 화면을 끄고서 부엌으로 향했다.

분명 계란 두 개와 베이컨이 남아 있을 텐데…… 적당히 볶음밥이나 해먹을까~.

볶음밥은 자취하는 남자의 최강 요리이니까.

띠링.

띠링.

……?

밥솥에 밥이 얼마나 남았나 확인하고 있으니 스마트폰이 울렸다.

이상하네? 코우미는 메시지를 보낸 후에 보통 서너 시간은 답장을 하지 않는데, 달리 내게 연락을 할 만한 친구가 있었던가?

스마트폰을 들어서 봤더니 다시 《코우미》라고 적혀 있었다.

……답장이 너무 빠른데?

《코우미》『가, 가정교사?』

《코우미》『설마, 여자애를 가르치는 거야?』

……음? 무슨 문제라도 있나? 코우미 말대로 상대가 여자애인 건 맞지만.

《마사토》『맞는데? 고등학생』

나는 간략하게 답하고서 다시 작업으로 돌아갔다.

그리도 놀랄 일인가? 대학생 중에 가정교사나 학원 강사로 일하는 사람은 제법 있을 텐데…….

주걱으로 밥솥에서 밥을 퍼내려는 차에…….

우웅— 우웅— 우웅—.

탁자 위에서 매너 모드로 설정해둔 스마트폰이 진동하고 있었다.

저건 메시지 알림이 아니다.

전화다.

여기서도 보인다. 화면에 《코우미》라고 적혀 있었다.

……어? 무섭다요.

14시 즈음.

나는 집을 나와 가정교사를 맡은 집으로 향하고 있었다.

"우와, 진짜로 코우미의 스위치는 어디서 켜질지 모르겠다니까……."

그 후에 전화를 받았더니 코우미가 억양 없는 목소리로 말해서 나는 벌벌 떨었다.

기본적으로 코우미는 귀여운 소악마 같아서 강의를 함께 들을 때면 그저 눈호강을 한다. 그런데 갑자기 스위치가 켜지면 무서워진단 말이지.

조심하려고 해도 어디가 스위치인지 알 수가 없어서 조심할 수도 없다.

　결국 내가 전화로 사정을 설명하자 간신히 기분을 풀어 줬다.

　월요일에 제대로 설명하겠다고 말했더니 마지못해 납득해줬다. 다행이야. 여자는 어려워…….

　새파랗게 물든 하늘을 올려다봤다.

　예전 세계에서 살았을 때에는 이성과 커뮤니케이션을 하면서 별로 고생한 적이 없었다. 분명 어렸을 적부터 친하게 어울려줬던 아이가 이성이었다는 사실이 크게 작용했을지도 모르겠다.

　그 덕분인지 이른바 사춘기라 불리는 시기에도 딱히 쑥스러워하지 않고 여자애를 평범하게 대했던 듯하다.

　그래서 여자한테 고백을 받기도 했고, 실제로 사귀었던 적도 있었다.

　하지만.

　『카타사토 군은 누구한테나 다정하구나……. 미안해, 여태껏 착각해서.』

　……사귄 지 한 달쯤 지났을 때 상대가 뜬금없이 그렇게 이별을 고했다.

　양호시설에서 오랫동안 지냈고, 길러주신 부모 같은 사람한테서 「남한테 다정하게 대해줘」 하고 배웠던 터라 나는 그게 당연하다고 여겼다. 그래서 그 말을 듣고서 충격을 받

있다.

그와 동시에 다른 사람을 대하듯 여친을 대해왔음을 자각했다. 그러나 그 사실을 인식했음에도『여친』이라는 존재한테만 다른 태도로 대하고 싶은 마음은 들지 않았다. 이제는 나란 인간은 원래부터 그렇다고 체념하는 수밖에 없었다.

"빨리, 빨리~! 다들 이미 공원에 도착했대!"

"기다려~!"

활기찬 목소리가 들렸다. 어린 여자애 몇 명이 옆을 뛰어지나갔다. 오늘은 날씨가 화창하다. 분명 친구들과 공원에서 놀겠지. 힘차게 뛰어가던 소녀들의 뒷모습이 점점 작아지더니 이윽고 시야에서 사라졌다.

……응, 순진한 감정에 푹 빠져봤자 아무 도움도 안 되니 옛 과거는 잊어버리자.

씁쓸한 기억을 떠올리다가, 가라앉은 감정을 잊기 위해 나는 종종걸음으로 역으로 향했다.

몇 분 걸으니 인근 역에 도착했다.

가정교사로 일할 집은 여기서 전철을 타고서 다섯 정거장쯤 가야 한다.

가정교사를 시작하게 된 계기를 설명하려면 한 달쯤 전으로 거슬러 올라가야 한다.

아직 수입원이 바 한 군데밖에 없고, 그 당시에는 세이라 씨도 지금만큼 빈번하게 찾아와주지 않아서 (현재는 세이라 씨가 돈을 꽤 많이 지불해 주셨는지 사치도 살짝 부릴 수 있게 됐지만) 돈벌이가 조금 부족하다고 느꼈던 차였다.

처음에 바 업무를 익히기 위해 일했을 때에는 금요일 말고도 다른 날에 투입돼도 괜찮겠다 싶었는데, 아이카 씨가 『이런 일을 너무 많이 하는 건 좋지 않아』 하고 만류하기도 해서 나는 금요일에만 근무하게 됐다.

아이카 씨가 생활비를 상당히 부담해주고 있지만, 그것도 미안해서 의논을 해봤더니 아이카 씨가 엄청 재밌겠다는 얼굴로 「아, 그럼 마사토는 머리도 좋으니 이 일을 맡아줬으면 좋겠는데」 하고 소개해준 일자리가 바로 가정교사 일이었다.

자세히는 모르겠지만 아이카 씨가 일을 하다가 알게 된 여성의 딸이 내가 다니는 대학교를 목표로 삼고 있으니 수험 공부를 도와줬으면 좋겠단다.

그런 연유로 한 달쯤 전부터 어느 여고생의 가정교사 노릇을 하고 있다.

참고로 요전에 아이카 씨가 「가정교사 월급을 계좌에 입금했대~」 하고 말하기에 확인해봤더니 믿기지 않는 액수가 들어와 있었다. 왜?

고등학생 가정교사 월급으로 이 금액은 이상하지 않나? 하고 생각했지만, 아이카 씨는 히죽히죽 웃기만 했다.

뭐…… 내가 편하게 생활하도록 아이카 씨가 더 얹혀줬는지도 모르겠지만…….

역시나 아이카 씨 앞에서는 고개를 들 수가 없다.

"자, 그럼."

전철에서 내리고서 역에서 한동안 걸어가니 가정교사를 맡은 집에 도착했다. 번듯한 대문이 있고, 마당을 조금 걸어가면 현관이 나온다.

얼핏 봐도 양갓집처럼 느껴진다. 약속 시간보다 10분 일찍 오긴 했지만 뭐, 괜찮겠지.

인터폰을 눌렀다.

"실례하겠습니다. 카타사토입니다. 시오리 양의 가정교사 일로 왔습니다~."

『예~!』

활기찬 목소리가 들리더니 문의 잠금이 철컥, 풀리는 소리가 들렸다.

전부터 생각했지만 설비가 좋네~.

현관문을 여니 가정교사로서 가르치는 시노미야 시오리의 어머니가 있었다.

"마사토 군, 어서 와요! 고마워라~! 시오리는 이미 2층에 있을 테니 잘 부탁해요!"

"예. 열심히 가르칠게요."

나는 신발을 벗고서 집 안으로 들어갔다. 신발을 가지런히 정리하는 것도 빼먹어서는 안 되겠지. 남몰래 됨됨이를 점검할지도 모르니…….

계단을 올라 시오리의 방으로 향했다. 귀여운 문패가 걸려 있는 문을 똑똑, 두 번 노크했다.

"시오리 짱? 카타사토입니다. 들어가도 될까?"

"아, 예. 괜찮습니다."

맑고 투명한 소프라노 보이스. 시오리는 예쁜 목소리를 갖고 있다.

문을 열었더니 실내에 기다랗고 윤기가 흐르는 검은 머리를 물색 리본으로 하프 업으로 묶은, 늘씬한 소녀가 의자에 앉아 있었다.

으—음, 정말로 정숙하다는 표현이 잘 어울리는 근사한 아이다.

"안녕, 시오리 짱."

"예. 안녕하세요."

……그러고 보니 오늘은 교복 차림이 아니구나.

지금까지는 교복 차림으로 수업을 들었는데, 무슨 이유가 있는 걸까?

"어라? 오늘은 교복 차림이 아니네."

"그, 그러네요. 생각해 봤더니 휴일에 굳이 교복을 입는 것도 이상한 것 같아서……."

시오리 짱이 의자를 살짝 회전시켜 이쪽으로 몸을 돌렸다.

응응. 검은 반소매 위에 베이지색 타블리에…… 이른바 원피스처럼 치마까지 이어져 있는 오버올을 입고 있었다. 그녀의 정숙한 내면과 잘 매치되어 아주 어울렸다.

"우와~ 좋네. 아주 잘 어울려. 교복 차림밖에 본 적이 없어서 신선한 것 같기도."

"……후후후…… 감사합니다. 마사토 씨의 사복 차림도 멋지네요."

"아무리 칭찬해도 숙제는 줄여주지 않을 건데~?"

나도 가방을 내려두고서 교재를 꺼냈다.

지금은 상상도 되지 않지만, 처음 만났을 때 시오리는 안경을 썼고 세 가닥으로 땋은 머리를 하고 있었다.

그런데 심경에 무슨 변화가 생겼는지 모르겠지만, 다음에 왔을 때에는 이 머리를 하고 콘택트 렌즈로 바꿨다.

뭐, 어머니가 가정교사가 남자라는 사실을 숨겼던 것으로 보이니 처음에는 퍽 당황했겠지.

참 짓궂은 어머니다…….

"자…… 시작해볼까, 했는데 아직 5분 전이네."

"그러, 네요. 어떻게 할까요?"

"기왕 시간이 남았으니 잡담을 좀 나누고서 공부를 시작할까?"

너무 팍팍한 건 내 취향이 아니다.

벌써 네 번째 만남이지만 역시나 아직 긴장을 하고 있는 모양이니 기왕이면 긴장을 풀어줬으면 좋겠네.

시오리는 이 세계에 와서 만났던 여자들 중에서 꽤 차분한 타입인 듯하다.

유카는 맨날 긴장해서 혀를 씹기 일쑤이니까. 그렇게 긴장할 필요는 없는데…….

문득 시오리의 책상 위를 보니 문고본이 놓여 있었다.

그래, 그녀는 문학소녀다.

"아, 오늘은 무슨 책을 읽고 있었어?"

"아, 그게…… 타사카 씨의, 이 책을 읽고 있었는데……."

"아~ 그거 재밌지!『2층에서 여름이 내려왔다』…… 어떻게 살아야 그런 모험이 떠오르는 걸까……."

솔직히 독서가 취미라고 말할 수 있을 만큼 책을 자주 읽지는 않지만, 유명한 책은 가끔 읽곤 한다.

예전 세계와 그 부분도 공통돼서 다행이었다.

같은 책을 읽은 적이 있다면 대화를 즐겁게 나누는 데 도움이 되니까.

아무래도 시오리는 책을 꽤 많이 읽는 것 같으니 나 같은 얼치기와는 수준이 다를 것 같지만.

"아, 아하하. 그러네요, 정말로……."

어라? 의외로 반응이 미지근……한가? 역시나 내가 얼치기 독서가라는 걸 알아챘나……. 어렵다.

한 시간쯤 지났다.

"여긴 말이야, 이 부분만 읽는 법이 달라. 이 기호가 붙어 있으니까 정확히는~."

나는 문과 계열이기도 해서 시오리 짱한테 국어, 사회, 영어 세 과목을 가르치고 있다.

그 과목들을 한 시간씩 총 세 시간 동안 가르치면 가정교
사 업무는 종료. 도중에 쉬는 시간도 가지니 대체로 19시 전
에 끝난다.

지금은 영어를 마치고서 국어 공부에 들어간 참이다.

"으음…… 으—응?"

아무래도 쩔쩔매는 듯했다.

그래, 이 부분은 이해하기가 어렵긴 하지……. 아, 맞아.

나는 좋은 생각이 떠올라 일어서서 시오리의 뒤로 돌아
갔다.

그리고 뒤에서 교재를 들여다봤다.

"시오리 쨩, 잘 들어. 지금부터 내가 손가락으로 더듬어
나갈 테니 함께 읽으면서 순서를……."

좋아, 이러면 알기 쉽겠지.

그렇게 생각했건만 시오리의 손이 멎었다.

응?

"……우헤."

"어?

뭔가 엄청난 소리가 들렸는데.

시오리인가? 방금 그 목소리?

시오리가 의자에서 덜컹, 일어섰다.

"죄송합니다. 잠시 실례를……."

"어, 어어. 괜찮아. 미안, 미안."

표정을 숨긴 채로 시오리가 화장실로 향했다. 아차, 언짢

게 했나?

……아, 너무 가까웠던 걸까?

친하지도 않은 남자가 이토록 접근하면 불쾌하겠지. 남녀 비가 바뀌어서 방심했는데, 이건 좀 아니었나?

면목이 없다.

잠시 뒤 시오리가 돌아왔다.

얼굴이 붉어졌는데 괜찮나?

"실례했습니다. 계속하시죠."

"으, 응. 그러자."

다행이야. 많이 언짢지는 않았나 보다.

기분이 팍 상했으면 어쩌나 걱정했다.

이제 똑같은 실수는 반복하지 않겠다며 나는 옆에 앉아서 공부를 재개하려고 했다.

"어?"

시오리가 어리둥절한 표정으로 나를 쳐다봤다.

어?

"아, 아니. 힘껏 뒤에서 와주세요. 힘껏. 뒤덮듯이 부탁드 릴게요."

어?

문학소녀 여고생은 꿈을 꾼다

수수. 고구마 같다.

주변 사람들이 내게 품고 있는 인상은 대체로 그렇다.

딱히 그게 분하거나 싫지는 않다. 딱히 깊이 생각하지 않았다.

그렇게 여긴다면 마음대로 하라지, 라는 생각도 갖고 있었다.

고등학교 2학년이 됐다.

고등학교에 들어가기 전에는 혹시 내게도 남친이 생길지도……? 하고 생각했지만, 환상은 간단히 부서졌다.

우리 고등학교는 공학이라서 나름 남자도 있다.

반 전체에 여섯 명밖에 없는 그들은 세 명씩 나뉘어 두 그룹을 이루고 있다.

그리고 그 두 그룹과 사이좋게 어울리는 것도 대개 두 그룹.

이른바 상위 카스트에 속하는 여자한테만 그 기회가 돌아온다.

그보다도 그 상위 카스트 여자가 남자를 독점하는 느낌이었다. 다 그런 법이지, 남녀공학의 실태는.

나처럼 고구마 같은 애한테는 기회가 오지 않는다.

(뭐…… 솔직히 딱히 필요하다는 생각은 하지 않았지만.)

주변을 보고서 생각한다.

반 남자들은 조금이라도 잘생겼으면 고압적이거나 잘난

척을 해대고, 반대로 그렇지 않으면 하나 같이 청량감이 없거나 과도하게 살이 쪄서 이성으로서의 매력이 전혀 느껴지지 않는다.

그럼에도 여자들이 어느 정도 다가가니 그 녀석들은 히죽거린다.

(현실이 이렇다면 남친은 딱히 없어도 돼.)

허세도 뭣도 아니다.

자연스럽게 그렇게 생각했다.

게다가.

(내게는…… 이게 있거든…….)

책상 안에서 한 권의 단행본을 살며시 꺼냈다.

북커버를 씌워뒀기에 주변에서는 무슨 책인지 모른다.

이건 이른바 여성향 책.

나는 옛날부터 판타지를 좋아했다.

이야기에 나오는 등장인물들은 다들 마음이 예쁘고 맑다. 남주인공은 모두 멋지고…… 여주인공 역시 호감을 살 만한 이유가 있다.

이야기에 등장하는 그들은 정말로 아름답다.

하아, 이야기 속 등장인물들을 생각하다가 다시금 교실에서 대화를 나누는 집단을 봤다.

(하아…… 역시 현실은 쓰레기군요…….)

이것만 있으면 된다.

교실 안이 떠들썩하든 말든 나는 교실 한구석에서 홀로

이야기를 탐독했다.

"다녀왔어~."

부에 가입하긴 했지만 유령 부원인 나는 학교가 끝나면 대체로 곧장 귀가한다.

"어머, 어서 오렴. 시오리."

엄마한테 인사만 하고서 나는 방으로 가려고 했다.

오늘은 독서 외에도 게임도 하고 싶단 말이야~. 이른바 비주얼노벨. 멋진 캐릭터들한테 둘러싸여 있는 동안에는 난 행복해.

"잠깐, 시오리. 기다리렴."

"……왜?"

엄마가 불러 세웠다.

얼른 게임 하고 싶은데…….

"너…… 친구나 남친은 만들었니?"

"뭐야, 갑자기. 안 만들었는데."

"너 학생일 때 연애 같은 것도 해봐야지. 적어도 남자랑 교류 정돈 하도록 하렴."

또 그 소리.

지금은 남자의 숫자가 더 적어졌으니까, 같은 소리는 솔직히 너무 많이 들어서 신물이 날 지경이야.

"예예. 알아서 할게."

"나 참…… 아, 맞아. 너 그 국공립 대학에 간다고 했지?"

"……음? 그런데?"

대학 수험.

아직 2학년이라서 대강 정하긴 했지만, 노리는 대학은 있다. 그 대학교는 시설도 좋고…… 도서관도 크다.

국공립이라서 편차치도 높지만, 열심히 노력한다면 아예 가지 못할 곳은 아니다.

"내 지인 중에 그 대학교에 다니는 학생이 있다고 해서 가정교사로 부를까 해!"

"엥~ 필요 없어……."

가정교사? 그런 건 사양이다.

공부는 혼자서도 할 수 있고…… 내 입으로 이렇게 말하려니 서글프지만, 친구도 별로 없고 부활동도 하지 않아서 시간은 있다.

타인과 커뮤니케이션을 하는 것도 내키지 않고…….

"핑계는 됐고! 어쨌든 한번 만나보렴! 토요일에 부를 테니 집에 있도록~!"

"에엥~ 싫은데…… 나, 그냥 거절할 건데?"

"뭐, 만약에 마음에 들지 않는다면 거절해도 좋아."

"어? 왜 히죽거리는 거야? 왠지 기분 나쁜데……."

뭐, 거절해도 된다면야.

그 가정교사한테는 미안하지만 이유를 적당히 둘러대고서 돌려보내자. 엄마가 왜 징그럽게 웃었는지 딱히 생각하지 않고, 나는 방에 틀어박혔다.

토요일.

나는 평소처럼 방에서 책을 읽고 있었다. 과격한 표현도 조금 등장하는 연애물. 크~! 이 남주, 미치겠어……!

멋지고 머리도 똑똑하고 강하고, 게다가 엄청 다정해. 그냥 신이야. 뭐, 픽션이니 당연하겠지만.

이런 남자가 있다면…….

남자라는 말을 듣고서 내 머릿속에서 떠오르는 사람은 반 남자애나 사람들이 꺅꺅거리는, 텔레비전에 출연하는 연예인 정도다.

현실 따윈 이미 충분히 알고 있다.

"시오리! 가정교사 선생님 데려왔어! 들어간다?"

"……예에."

나 참…… 가정교사한테는 미안하지만, 얼른 돌려보내자. 나는 읽고 있던 단행본을 책장에 꽂았다.

오늘은 오전 수업만 있었기에 교복 차림이었다. 뭐, 괜찮 겠지. 게임이나 옷도 약간 널려 있지만, 그 정도는 봐줬으 면 좋겠다.

남에게 차마 보여줄 수 없을 만큼 너저분한 상태도 아니고.

문이 덜컹, 열렸다.

한숨을 쉬고서 문 쪽으로 시선을 돌렸더니…….

──내 눈이 휘둥그레졌다.

"아, 안녕하세요. 시오리 양."

머리가 굳어버렸다.

어떤 꽃미남이 서있었다.

"어?"

무심코 들고 있던 스마트폰을 떨어뜨렸다.

어? 하?

왜 남자가 있어?

어?

"이 사람이 가정교사 일을 맡긴 카타사토 마사토 군. 멋있지~? 자자, 인사하렴, 시오리."

…….

나의 뇌가 이해하기까지 몇 초가 필요했다.

그리고 지금 해야 할 일을 깨달았다.

"잠깐."

"잠깐?"

"잠깐만 기다려주실 수 없을까요오오오오!!!!"

엄마를 억지로 방 안으로 밀어 넣고서 뒤에 있던 가정교사는 방 밖으로 나가달라고 했다.

잠깐, 잠깐, 잠깐, 잠깐!!!!

몰라, 몰라, 몰라, 몰라아아아!!!!

가정교사가 남자였어?!

"시오리, 뭐하는 거니~?"

"엄마……! 이따가 용서하지 않을 거야, 정말로……!"

엄마가 히죽거렸다.

일부러 잠자코 있었구나, 이 악당……! 보이즈 바에 푹 빠져 지내는 걸 아빠한테 일러주마……!

우선 나는 책장을 숨기기 위해 하얀 목욕 타월로 덮었다.

게임도 숨겼다.

실내복도, 세탁물도.

엄청난 속도로 정리를 마치고서 마지막으로 거울 앞에 섰다. 정신을 차려보니 숨이 헐떡거렸고, 심장이 시끄러울 만큼 뛰고 있었다.

무엇보다 아까 그 사람.

(너무 멋지지 않아??)

온화한 웃음을 지었던 그를 떠올렸다.

키는 분명 175cm 정도. 살짝 곱슬거리는 검은 머리가 매우 근사했다.

마치.

(이야기 속 남주 같아……!)

얼굴이 화끈거린다.

이런 소리, 듣지 못했다.

즉석에서 매무새만 단정히 매만지고서 심호흡을 크게 했다.

"오래, 기다리셨습니다……."

잠시 뒤 문을 열었다.

문 앞에는 역시나 그 남자가 있었다. 심장이 철렁했다.

"아, 미안해? 왠지 소통이 잘 안 됐던 모양인데……."

“아뇨, 아뇨, 아뇨, 아뇨! 우리 엄마의 잘못이에요…….”

방으로 안내했다.

어쩌지, 어쩌지?

잘생긴 남자가 내 방에 있다.

“아, 앉으세요.”

일단 나는 평소에 쓰는 책상과 한 세트인 의자를 내밀었다.

그리고 침대에 걸터앉았다.

“미안, 고마워.”

“아뇨…….”

냉정을 되찾자.

확실히 멋지긴 하지만, 외모만 보고서 속아 넘어가면 안 된다.

그 엄마가 데려온 사람이다.

성격이 고압적이라든가 속이 시커멀 가능성도 충분히 있다.

난 속지 않아. 현실과 픽션의 차이를 아는 여자라구.

“으음, 나도 상황을 잘 모르겠는데…… 어쨌든 오늘은 대화를 잠시 나눠보고서 가정교사로서 고용할지 말지 정하는…… 거 맞지?”

“아, 아마도, 그럴 거예요.”

내가 생각해도 모기가 우는 소리 같았다.

평소 목소리를 낼 수 있을 리가 없다.

“솔직히 갑작스러운 얘기이니 거절해도 돼. 그리고 내게 직접 말하는 건 어려울 테니 내가 돌아간 후에 어머니께 슬쩍 말해도 돼. 그게 시오리 짱한테도 편하겠지?”

“…….”

……뭐—?

너무 상냥한데?

저 사람이 같은 반 인기남이었다면『고맙게 생각해』하고 말해도 이상하지 않을 상황인데???

아니, 아직이야. 시오리, 아직 속아서는 안 돼. 고용되기 위해 오늘만 다정하게 대할 꿍꿍이일지도 몰라.

어, 근데 아까 거절해도 된다고 했는데……? 안 돼, 잘 모르겠어.

“시오리, 왜 우리 대학교에 가고 싶은 거야?”

“어, 저기, 시설이 예쁘다고 해야 할까…… 도서관이 커서…….

“우와~ 시오리, 책을 좋아하는구나!”

그, 그만!! 그 반짝거리는 웃음을 이쪽으로 보내지 말아줘!!

뭐야? 이 사람, 미남 레벨이 100정도는 되는 것 같은데?!

자그마한 움직임에도 가슴이 두근거린다.

“뭐, 조금…….”

“오호~ 우리 대학교 도서관이 확실히 크긴 하지……. 어떤 책 읽어?”

“…….”

위험해. 어쩌지?

아무 생각도 하지 않았다. 이 대목에서 판타지와 연애물을 좋아한다고 말했다가는 180퍼센트 질색하겠지.

무난한…… 무난한 대답은…….

"순문학 같은 장르."

"우와~! 대단하네. 난 딱딱한 문장은 젬병이거든……. 유명한 작품은 읽기도 하지만, 순문학은 좀처럼 손대질 못하는데!"

거짓말입니다. 죄송합니다. 전혀 안 읽습니다.

위험해, 위험해. 이대로는 결점이 보이질 않잖아! 어딘가 분명히 결점이 있을 터…….

맞아! 이런 고구마녀가 무례를 저지른다면 역시나 이 사람도 본색을 드러낼 거야……!

조금 미안하지만, 이건 장래를 위해, 장래를 위해서이니까……!

나는 결심을 굳히고서 일부러 싫어할 만한 말을 하기로 했다.

"……카타사토 씨야말로 가정교사 일 거절해도 돼요."

"……어? 어째서?"

"이런 촌스러운 여자한테 공부 가르치는 거 싫죠? 기왕이면 더 귀여운 여자애가 좋은데, 하고 생각했죠? 카타사토 씨, 주변에서 가만히 안 둘 거잖아요."

……나 자신이지만 엄청 비굴하고 싫은 여자다. 내 입으로 말했지만 서글퍼진다. 하지만, 하지만 말이야. 이것도

장래를 위해서……!

죄책감을 가슴에 품으면서 상황을 살폈다.

그러자.

카타사토 씨는 웃음을 누그러뜨리지 않은 채 고개를 가로 저었다.

"음— 음. 상관없어. 그런 거. 시오리는 우리 대학교에 가고 싶어서 노력하고 있어. 그 목표에 우열 따윈 1mm도 없어. 어떤 아이일지라도 배우겠다고 결심한다면 난 전력으로 도울 거야. 게다가— 시오리는 아주 멋지잖아? 아까 처음 만났을 때, 예쁜 애라고 생각했어."

……어, 음.

아무래도 좋아하는 이야기 속 남주가 차원을 뛰어넘어 나를 만나러 와준 모양입니다.

간략하게 말해서 몹시 좋습니다.

문학소녀 여고생은 청초함을 노린다

가정교사를 고용하고서 내 생활은 바뀌었다.

"다녀왔어!!!"

토요일 수업을 마치고서 쏜살같이 집 문을 열었다.

세면대에서 재빨리 손만 씻고서 계단을 우당탕 뛰어올라 방으로 향했다.

"잠깐, 시오리~! 그게 제대로 씻은 거야?!"

"씻었어!"

현재 시각은 13시 반.

그── 카타사토 마사토 씨가 올 때까지 대략 한 시간 반이 남았다.

(오늘은…… 사복을 입어야지♪)

마사토 씨가 오기 전까지 나는 사복도 변변히 갖고 있지 않았다.

그야 그렇지. 교복만 있으면 부족함이 없고, 휴일에도 함께 외출할 만한 친구도 없었으니까.

사복에 돈을 쓸 필요조차 없다고 여겼다.

나는 운명의 날…… 마사토 씨와 처음 만났던 그날 밤을 떠올렸다.

엄마한테 잔소리를 실컷 퍼붓고서 아빠한테 다 이를 거라고 쏘아준 뒤.

나는 방에서 냉정하게 상황을 정리하기로 했다.

(크, 큰일 났다……. 설마 그런 남주 같은 사람이 매주 내 방에 와준다니……!)

동화 속에서 그대로 튀어나온 줄 알았다.

풍채는 순박한 미남 같은 느낌이지만, 나중에는 멋진 기사복을 차려입은 왕자님으로밖에 보이지 않았다.

내 곁으로 내려온 행운에 무심코 감사했다.

저렇게 근사한 사람을 불러줬으니 그 점만은 엄마를 높이 평가해줘도 될 것 같다.

(게다가…… 예쁘다는 말까지?)

어차피 성격은 나쁘겠지 싶어서 싫은 소리를 내뱉었는데, 터무니없는 대답이 돌아왔다.

나를 칭찬해줬다는 건 즉.

혹시 가까워질 수 있을까?

왜냐면 앞으로 매주 만나잖아?! 공부를 가르치러 온다고 해도…… 해프닝 같은 게, 저기, 있을 수도…….

기분이 고양됐다. 어쩔 도리가 없을 만큼 얼굴이 화끈거렸다.

나는 마음을 진정시키기 위해 책장에 꽂혀 있는, 마음에 드는 소설 표지를 봤다.

(정말로…… 그 사람은 이 소설 속 남주 같네…….)

……거기까지 생각하다가 동작이 멎었다.

표지 속 남주인공 옆에는 가련한 여주인공이 그려져 있

었다.

뒤이어 옷장 앞에 있는 거울을 봤다.

내 모습을 봤다.

그리고 충격적인 사실을 깨달았다.

(……이런 꼬락서니로는 전혀 안 어울리잖아……?)

당연했다. 들뜨긴 했지만 나는 어차피 고구마. 아니, 고구마라는 표현을 썼다가는 시골 사람들한테 실례다. 고구마가 얼마나 맛있는데.

나는 맛있을 것 같지도 않다.

화끈거렸던 몸이 급격하게 식어갔다.

이런 촌스러운 안경잡이 여고생이 동화 속 남주인공과 찰싹 달라붙는 이야기가 설령 있을지라도, 내가 그 이야기를 읽었다면 어떻게 생각했을까?

『ㅋㅋㅋㅋㅋㅋㅋ 망상에 푹 절여진 푼수녀 ㅋㅋㅋㅋㅋㅋ 촌스러운 아싸 처녀한테 초절정 미남이 관심을 가질 리가 없잖아 ㅋㅋㅋㅋ 현실을 좀 깨달아라 ㅋㅋㅋㅋㅋㅋ』

……뭐, 이렇게 생각하겠지.

어쩌면 마사토 씨의 취향이 촌스러운 여자라서 이대로 나를 좋아해줄 확률이 벼룩만큼 있을지도 모르겠지만, 그 가능성에 매달릴 만큼 나는 아직 여자로서 죽지 않았다.

그럼 어쩔까?

다시금 소설 표지를 쳐다봤다.

거기에 서있는 가련한 여주인공을 봤다.

(될 수밖에, 없어……!)

내가, 이 히로인처럼.

(근데 아무리 발버둥을 쳐봤자 난 천진난만한 히로인이 될 수가……. 그럼 목표로 삼아야 할 건…… 청초하고 정숙한 타입!)

거울 앞에 선다.

세 가닥으로 꼬았던 머리를 풀었다.

안경을 벗었다.

(이 정도로는, 안 돼…….)

문을 힘껏 열었다.

뭐든지 철저히 숨기겠어. 허울뿐인 껍데기라도 좋아. 그 사람이 좋아할 만한 내가 되기 위해서라면.

"엄마, 화장하는 법 좀 알려줘!!"

정숙하고 청초한 캐릭터 대작전은 그때부터 시작됐다!

사복을 고르기 위해 옷장을 열었다.

"지난주에 골라줬던 걸 입을까……."

놀랍게도 땋았던 머리를 풀고서 안경을 콘택트 렌즈로 바꾼 뒤 학교에 갔더니 반에 친구가 생겼다.

이렇게 간단한 일이었어? 라는 생각은 잘못됐는지도 모르겠지만, 지금까지는 내가 먼저 교류를 거절해왔던 경향도 있는 듯했다. 기분 문제일지도 모르겠다.

이미지 체인지라는 키워드가 좋은 화젯거리가 되어줬다.

그래서 대화를 해봤더니 의외로 말이 통했다.

그래서 리얼충 선구자들한테 옷을 골라달라고 했다.

뭐, 인류는 일취월장하는 법. 그렇게 진보해왔잖아? 선인의 힘을 빌리는 건 당연하지.

"좋아…… 이걸로 가자."

나는 청초 노선으로 승부를 걸었다. 사복도 어른스러운 게 좋겠지. 마음에 드는 오버올 스커트를 꺼냈다.

머리 모양은 하프업. 잡화점에서 구입한 물색 리본으로 묶었다.

응, 나쁘지 않아.

화장은 짙게 하지 않았다. 철저히 내추럴하게.

아이라이너로 눈가를 예쁘게 꾸몄고, 피부를 말끔하게 보이기 위해 파운데이션을 발랐다. 둘 다 수수해서 자기주장이 세지 않은 타입으로.

거울 앞에 섰다.

응, 합격점이다.

이거라면 뭐, 남주의 상대가 되더라도.

『뭐~ 이 정도면 신분이 조금 차이가 나는 사랑쯤은 용납되려나?』

아마 그 정도 수준은 됐겠지. 일단 나는 안심하고서 구입한 뒤로 방치했던 소설을 집었다.

"시오리 짱? 카타사토입니다. 들어가도 될까?"

어……?

……으아아아아았아아아아아!!!!

아직 여유가 있는 줄 알고서 야설을 읽고 있었는데?! 위험한데?!

벌써 5분 전이잖아. 이 바보!

나는 음속으로 미리 마련해뒀던 북커버를 씌웠다.

엄마가 사줬던, 서점 랭킹 상위권에 들었다는 순문학 표지.

이거면 모면할 수 있어!

"아, 예. 괜찮습니다."

문을 열고서 들어온 마사토 씨가 생긋 웃었다.

아아…… 눈부셔…….

"안녕, 시오리 짱."

우헤.

위험했다. 지지말자. 청초해지는 거야!!

"예. 안녕하세요."

조, 좋았어, 좋아. 좋은 흐름이야.

방금 인사는 꽤 우아하지 않았나? 잘 모르겠지만.

가슴을 쓸어내리고 있으니 마사토 씨가 뭔가 눈치챈 듯 눈이 동그래졌다.

"어라? 오늘은 교복 차림이 아니네."

아~ 기뻐라~ 이런 사소한 걸 언급해주는 남자, 현실에 있을까~.

"그, 그러네요. 생각해 봤더니 휴일에 굳이 교복을 입는 것도 이상한 것 같아서……."

사, 살짝만 어필해둘까?

의자를 회전시킨 뒤 오늘의 모습을 과시했다.

친구야, 고마워. 보아라, 이 반짝이는 모습을. 이 갑옷은 친구가 준 이별 선물이다.

"오호~ 좋네. 아주 잘 어울려. 교복 차림밖에 본 적이 없어서 신선한 것 같기도."

으흐흐ㅋㅋ.

그게 아니라! 위험해, 위험해……. 어~ 진짜로 너무 기쁜데…… 큰일이다……. 애쓰길 잘했어…….

난 당하기만 하지 않아. 오늘을 위해서 청초라는 이름의 칼날을 연마해온 내 공격을 받아랏!

"……후후후…… 감사합니다. 마사토 씨의 사복 차림도 멋지네요."

"아무리 칭찬해도 숙제는 줄여주지 않을 건데~?"

어? 뭐야 그 반격.

너, 너무 멋지니까 적당히 좀 해!!

"자…… 시작해볼까, 했는데, 아직 5분 전이네."

"그러, 네요. 어떻게 할까요?"

"모처럼 시간이 남았으니 잡담을 좀 나누고서 공부를 시작할까?"

배려할 줄 아는 미남 is 신.

벌써 네 번째이지만, 정말로 마사토 씨는 미남력이 너무 높다.

픽션에서 이렇게까지 묘사한다면 망상녀 소리를 들을 만한 레벨.

"아, 오늘은 무슨 책을 읽고 있었어?"

······위험해, 위험해.

아니, 잠깐. 북커버(가짜 표지)는 장착해 둔 상태.

내용물이 야설이라는 건 들키지 않았어. 이걸 보면 납득해줄 거야! 인기를 끄는 책이라고 하니까!

마음속에 있는 누군가가 물었다.

그런 장비(북커버)로 괜찮을까? 하고.

나는 웃으면서 엄지를 척 세웠다.

괜찮아. 문제없어.

"아, 그게······ 타사카 씨의, 이 책을 읽고 있었는데······."

"아~ 그거 재밌지! 『2층에서 여름이 내려왔다』······ 어떻게 살아야 그런 모험이 떠오르는 걸까······."

······.

에헷☆ 위장용으로 표지를 벗겨낸 책, 1mm도 읽지 않았어☆

여름이 내려왔다니 뭐야?? 여름이란 게 내려오는 거였어??

나의 이 야설, 첫머리부터 팬티만 달랑 입은 미소년이 하늘에서 내려오는 야한 이벤트로 시작하는데 괜찮아 보여?☆

이게 뭐야! 아무 도움도 안 되잖아(분개)!

"아, 아하하. 그러네요, 정말로······."

이, 읽자. 다음부터는 가짜 표지를 준비할 때는 꼭 읽어두자…….

이미 늦었을지도 모르겠지만, 나는 마음속으로 위장용 표지로 활용한 소설을 쓴 작가한테 넙죽 엎드려 사죄했다.

아~ 행복하네~.

공부는 그다지 좋아하지 않지만, 마사토 씨한테 배우는 이 시간은 몹시 좋다.

가르치는 것도 능숙해서 이해하기가 쉽다. 솔직히 처음에는 수업이 아무리 서툴러도 괜찮아, 하고 생각했는데 그냥 잘한다.

남을 처음 가르쳐봤다고 하는데, 믿기지가 않는다.

하이 스펙, 궁극이 여기 있도다.

"여긴 말이야, 이 부분만 읽는 법이 달라. 이 기호가 붙어 있으니까 정확히는~."

으~응……?

지금은 진지하게 공부하고 있지만, 난 국어는 젬병이다. 한문이 뭔데? 하다못해 일본어로 써주세요들레이호.

마사토 씨는 아주 잘 가르치고 있으니 내 뇌의 잘못이다.

그렇게 여기며 필사적으로 텍스트를 해석하려고 했더니.

등에, 감촉이.

어?

"시오리 짱, 잘 들어. 지금부터 내가 손가락으로 더듬어 나갈 테니 함께 읽으면서 순서를……."

──갑자기 온몸에 엄습한 달콤한 충격.

귓가에 속삭이는 말이 내 뇌를 직격했다.

뭐, 뭐야, 이거?

나만을 위한 ASMR 스트리밍을 시작한 거야?

손가락으로 더듬어 나간다니 대체 뭘 더듬는 겁니까???

뜨거워지는 몸.

내 안에 있는 게이지가 한계를 뚫고서 폭발했다.

"……우헤."

아, 야단났다.

곧바로 입을 막았다.

이거 한계.

벌떡 일어섰다.

"죄송합니다. 잠시 실례를……."

"어, 어어. 괜찮아. 미안, 미안."

표정을 애써 숨기면서 나는 방을 나가 화장실로 향했다.

곧바로 화장실 문을 닫았다.

나는 제자리에 주르륵, 무너졌다.

"허―억……! 허―억……!"

등에 아직, 감촉이 남아 있다.

내 몸을 뒤덮었던 따뜻한 감촉. 귓가에 속삭이던 말.

코끝을 간질이는 달콤한 향기.

나의 청초 가면은 벌써부터 금이 쩍 갔다.

왜냐면 저건, 저건 너무 치사해.

땀이 흐른다.

몸에서 넘쳐흐르는 이 추한 욕정. 이 모습은 히로인에 걸맞지 않는다. 그딴 건 알고 있다.

하지만 지금은.

지금만은 말로 표현할래. 가면을 벗어던지고서 본연의 모습으로 외치고 싶다.

이후에 다시 가면을 제대로 쓸 테니까. 지금만은.

"자빠뜨리고 싶어어어어어어어어!!!!!"

청초함과는 거리가 먼 감정을 나는 힘껏 내뱉었다.

< 시오리　　　　　　　　　　🔍 📞 ☰

시오리: 오늘 지도해주셔서 감사합니다　19:25

시오리: 대단히 송구스럽지만, 하나 부탁을 드려도 괜찮을까요?　21:12

읽음 21:30　고생했어! 뭔데? 

시오리: 음성 메시지를 받을 수 있을까요?　22:02

읽음 22:34　……무슨 의미야?ㅋㅋㅋ 

시오리: 마사토 씨가 격려해 준다면 공부할 의욕이 솟을 것 같아서요　22:36

시오리: 무례한 부탁이라서 죄송합니다　22:36

읽음 22:46　……그렇게 해주면 의욕이 생겨?ㅋㅋㅋ

시오리: 예, 틀림없어요　22:51

시오리: 힘내라, 힘내라, 하고 말해주시면 기쁘겠습니다　22:51

시오리: 되도록 「공부」나 「숙제」 같은 단어는 피해주시면 좋겠어요　22:52

시오리: 그냥 힘내라, 하고 말해주시기만 하면 돼요　22:52

읽음 23:01　뭐 그 정도라면…… ㅋㅋㅋ

읽음 23:09　▶ 음성메시지 0:18

읽음 23:10　자! 그럼 공부 열심히 해!

시오리: 좋은 아침입니다　8:24

시오리: 오늘 날씨가 참 좋네요　8:24

읽음 10:12　어젯밤에 진짜 공부했어???? 

  　Aa　 

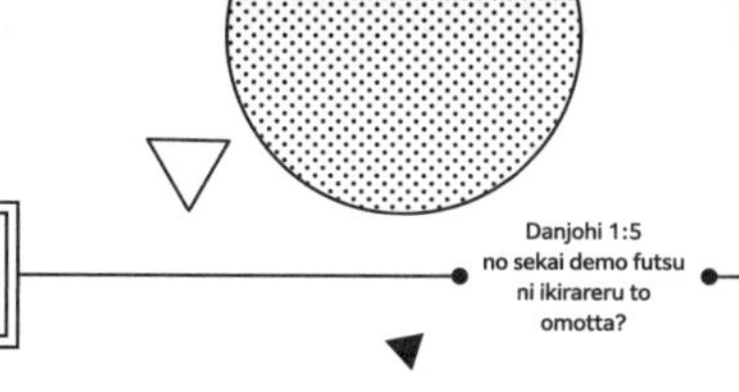

소꿉친구 계열 여대생은 되받아친다

대학교라는 교육 시설은 학생의 의지 하나에 따라 구속되는 시간이 달라진다고 나는 생각한다.

의욕이 없는 사람은 남한테 출석을 맡기고서 놀러 가고, 의욕이 있는 사람은 수많은 강의를 신청하여 단위를 딴다.

물론 대학교 측은 생각이 전혀 다를 테지만.

나는 둘 중 어느 쪽인지 콕 집을 수 없는 중간이었다. 강의를 나름 열심히 듣고 있고, 나름 열심히 쉬기도 한다.

그런 나날 속에서 오늘은 굳이 말하자면 쉬는 날.

오늘은 3교시가 끝나면 강의가 더는 없다.

"으~음! 피곤해! 우와, 다음 주에 미니 테스트네~. 나, 자신 없어."

"자자, 어떻게든 돼, 될 거야!"

"미즈호는 그렇게 말하면서도 맨날 아슬아슬하잖아……."

"아슬아슬하니 오케이인 거야!"

오늘도 셋이서 강의를 들었다.

요즘에는 이 셋이서 행동하는 것도 익숙해졌다.

나는 미즈호의 말을 듣고서 웃고 있는 마사토의 옆얼굴을 힐끗 쳐다봤다.

익숙해졌기에…… 나의 감정을 마사토한테 털어놓고서 잘 되지 않았을 때를 상상하니 위축된다.

하지만 언제까지고 시간만 끌다가는 마사토는 위험천만하니 누군가한테 빼앗길지도 모른다.

그것만은, 그것만은 절대로 안 돼.

"……어? 코우미, 왜 그래?"

"으응! 아무것도 아냐! 그럼 아까 말한 배팅 센터에 가자! 전철을 조금만 타고 가면 되니까!"

"오— 아주 좋지."

오늘은 원래 마사토와 함께 배팅 센터에 가기로 약속했다.

나는 이래봬도 소프트부 출신이라서 배팅에는 자신이 있다. 하지만 아무리 말해도 마사토가 전혀 믿어주지 않아서 오늘 증명하겠다고 약속했다.

"미즈호도 갈 거지?"

나란히 걷고 있는 명랑한 트윈테일도 운동을 잘한다.

요즘에는 마사토와 친해진 모양이니 분명 와줄 거라고 생각했는데.

"어? 아…… 아하하! 오늘은 선약이 좀 있어서…… 둘이서 잘 놀다 와!"

"어머? 그래?"

"응응! 역시 이 미즈호 짱은 인기가 너무 많아서 바쁘거든…… 요요요."

이렇게 말은 했지만, 내가 보기에는 희한했다.

미즈호와는 오랫동안 사귀어온 사이. 내가 먼저 권유하면 대개 꼬리를 흔들며 따라오는 이미지였는데…….

"미즈호, 무슨 볼일 있어?"

"……읏."

마사토도 조금 의외라고 여겼는지 미즈호의 얼굴을 들여다봤다.

"우, 우와~! 이거 난감하네. 마사토도 이 미즈호 짱이 와주길 바랐는가. 하지만 오늘은 안 돼! 미안! 그럼 둘 다, 내일 봐~!"

"아, 잠깐, 미즈호!"

미즈호는 마린캡을 고쳐 쓰고서 그대로 부리나케 달려가버렸다.

그렇게 급한 일이야? 보통 역까지는 함께 했는데…….

"조금 이상하네, 미즈호."

"아……."

이상하다는 소리를 듣고서 나는 깨달았다.

미즈호가 마음을 써줬구나. 나와 마사토가 둘이서 데이트를 할 수 있도록…….

"미즈호 바보…… 딱히 상관없는데……."

"응? 왜 그래?"

"아무것도 아냐! 그럼 가볼까!"

내일 만나면 꼭 말해줘야겠어.

나는 셋이서 함께 하는 시간도 좋아하니 배팅 센터 정도는 셋이서 가도 아무 문제도 없다고.

대학교 안에서 셋이서 행동하는 시간이 늘긴 했지만, 나는 미즈호를 거추장스럽다고 여기지 않는다.

애당초 내가 소개했고.

나는 미즈호도 좋아하니까.

대학교 인근 역에서 전철을 타고서 10분쯤 갔다.

나와 마사토는 배팅 센터가 있는 역에 도착했다. 역 개찰구를 나와서 눈앞에 있는 빌딩 옥상을 올려다보니 그물망에 둘러싸여 있었다.

배트로 공을 때렸을 때 나는 특징적인 금속음도 간간이 들려왔다.

"오랜만에 배팅을 할 수 있다니 설레."

"후후, 마사토, 애 같아."

"이런 때는 동심으로 되돌아가는 게 최고지!"

신이 나서 엘리베이터로 향하는 마사토를 뒤쫓았다.

마사토의 어린 시절이라…… 어떤 아이였을까. 그때부터 멋있었을까?

엘리베이터를 타고서 옥상으로 올라갔다.

매표기에 천 엔을 넣었더니 타석 4회분 티켓이 나왔다.

"누가 먼저 칠래?"

"마사토가 먼저 해도 돼. 아까부터 계속 눈을 반짝이고 있잖아."

"아하하, 들켰어?"

정말로 아이 같았다. 이런 면도 귀엽고 사랑스럽다.

마사토는 종종걸음으로 타석으로 향하는데…… 앗.

"마사토, 거기 130km거든? 아무래도 처음부터 그 속도 는…… ."

"괜찮아, 괜찮아! 나 꽤 잘 치거든!"

"사실일까…… ."

이 배팅 센터에서 두 번째로 구속이 빠른 타석이다.

아무리 남자일지라도 이 공을 치는 건 상당히 어려울 텐 데…… .

"아, 미안. 이것 좀 맡겨도 될까?"

"아, 응."

마사토는 타석에 들어서기 전에 륙색과 손목시계, 그리고 목걸이를 건넸다.

……어, 왠지 여친 같지 않아? 남친의 짐을 들어주는 느 낌, 무지무지 여친 같은데?!

이미 여친이나 마찬가지네(자기 합리화).

행복해…… .

"좋아! 간다!"

우타석에 들어간 마사토가 팔을 휘저으며 타석에 섰다.

나는 그물망 너머에서 그 모습을 지켜봤다.

모니터가 켜지고, 버추얼 영상 속 투수가 와인드업을 했다.

영상에 맞춰서 공이 사출됐다.

“얍!”

마사토가 샤프한 스윙으로 휘두른 배트가 공을 때렸다.

날카로운 금속음이 울려 퍼졌다.

타구는 말끔하게 센터 쪽으로 날아갔다.

“우와, 대단해! 정말로 잘하잖아, 마사토!”

“그치~! 그러니까 말했잖아! 얍!”

다음 공도 쳐냈다. 이번에는 라이트.

안쪽에서 배트를 휘둘러서 강한 타구가 오른쪽으로 날아간다.

어, 잘해……. 아뿔싸! 이래서야 내가 더 잘한다는 걸 증명할 수가 없잖아!

그건 제쳐두고, 뒤에서 마사토의 배팅 모습을 보니 참 멋졌다.

무심코 대화하는 걸 잊고서 넋을 놓을 만큼.

아, 맞아. 동영상으로 찍어두자.

돌아가서 보고 싶고.

스마트폰을 꺼낸 뒤 카메라를 켰다.

비디오 모드로 마사토의 모습을 녹화한다.

“얍!”

“우와, 대단해, 대단해! 거의 다 치고 있어!”

“이 정도는 쉽지!”

심장이 두근거렸다.

이 대화도 스마트폰에 확실히 녹화되고 있다.

이걸 SNS에 올려버리면…… 이미 남친이나 마찬가지 아냐?

이렇게 서서히 조여들어가면 되잖아? 내가 떠올린 생각이지만 명안인 듯했다.

결국 마사토는 대부분의 공을 말끔하게 때렸다.

"우와~ 재밌었다! 오랜만이었지만 꽤 쳐냈네!"

"이야, 굉장해. 깜짝 놀랐어. 사실이었구나."

"그치~!"

평소보다 텐션이 높은 마사토를 보니 나도 웃음이 절로 지어졌다.

자, 나도 확실히 보여줘야겠지.

"그럼 다음은 나!"

"아니, 아니, 코우미도 저 타석에서 치려고?"

"응? 그런데?"

"너무 빠르지 않아? 다른 타석도 괜찮잖아……."

오호.

마사토는 아직도 나를 얕잡아보고 있구나?

"자! 이거 갖고 있어!"

"어, 그래."

이번에는 아까 전까지 갖고 있던 마사토의 짐과 내 짐을 전부 그에게 떠밀었다.

좋았어! 제대로 보여주겠어.

타석에 들어가 티켓을 넣었다.

나는 망설이지 않고 스타트 버튼을 눌렀다.

오늘은 핫팬츠를 입고 스니커즈를 신고 오기를 잘했어.

운동을 할 것 같아서 활동성이 좋은 복장을 택했는데 정답이었다.

모니터에 비치는 투수가 던진 공을…… 나는 예리하게 쳐냈다.

좋았어! 센터 앞!

"오오~! 말도 안 돼!"

"봤지! 내가 말했잖아!"

마사토가 놀랐다. 응응, 이 반응을 보고 싶었어!

나는 어렸을 적에 야구를 접할 기회가 있어서 자연스럽게 소프트볼을 계속했다.

그리고 어느새 실력이 향상됐고, 고등학교에서도 나름 열의를 쏟았다.

운동은, 원래 좋아했으니까.

첫 번째 공을 때려낸 타이밍에 나의 소프트볼 영혼에 불이 붙었다.

좋았어, 지금부터는 단 하나도 놓치지 않겠어~!

날아오는 공을 잇달아 적중시켰다.

센터 앞, 라이트 앞, 레프트 앞. 왼쪽 다리를 너무 높이 들지 않은 채 체중 이동.

멀리 날아가는 힘은 줄어들지만 그만큼 적중률은 올라간다.

나는 어느새 푹 빠져서 공을 때리고 있었다.

배팅 센터에서 한바탕 논 뒤.

나와 마사토는 배팅 센터가 있는 빌딩 1층에 입점한 패스트푸드점에서 한숨을 돌리고 있었다.

……그런데.

(너, 너무 많이 했어~.)

나는 절찬리에 후회하는 중이었다.

그 후에 나는 달아올라 공을 마구 때려댔다.

그런데 마사토의 입장에서 내 모습이 어떻게 비쳤을지 새삼스레 걱정됐다.

모처럼 함께 왔으니 마사토가 즐겨야 하는데……. 게다가 마사토가 나를 향해 조금이라도 호감을 품어주지 않는다면 의미가 없어!

그런데 정신없이 배팅만 해댔으니…….

어, 이 녀석, 배팅에 미쳤어…… 하고 여기면 어쩌지? 죽고 싶어…….

"오래 기다렸지~."

내가 탁자에 엎어져 있으니 마사토가 주문한 음식을 쟁반에 담아서 들고 왔다.

"우와~ 재밌었어. 코우미, 왜 그래?"

"아니…… 아하하……."

어쩌지? 너무 지나쳤나……? 일단, 일단 마사토한테 물어보자.

의아해하며 주스를 마시고 있는 마사토한테 물어봤다.

"마사토는…… 운동을 잘하는 애를 어떻게 생각해?"

"어떻게 생각하냐니?"

"으음~ 아니~ 이상형으로서? 좋은지 싫은지 굳이 따지자면~."

최, 최대한 완곡하게 물어보자.

되도록 데미지를 적게 입도록……!

"글쎄? 옛날에 친했던 애랑 자주 운동을 했기 때문인지 모르겠지만, 꽤 좋아. 운동 잘하는 사람."

"……그렇구나."

옛날에 친했던 애…….

그래, 그렇겠지. 마사토한테도 과거가 있다. 이토록 멋진 사람이 지금까지 아무 일도 없을 리가 없겠지.

마사토가 기껏 좋은 대답을 해줬는데도 음울한 감정을 품은 스스로가 싫어졌다.

"코우미는 언제부터 소프트볼을 했어?"

"어? 초등학교 고학년부터였던가?"

"그렇구나~ 그리고 고등학교 때까지? 그러니 잘할 수밖에 없겠지."

감자튀김을 먹으면서 감탄한 듯 고개를 끄덕이는 마사토.

기, 기뻐해도 되는 걸까……. 운동을 잘하는 애를 싫어하지 않는 것 같으니 기뻐해도 되겠지……?

전철을 타고서 귀갓길에 올랐다.

결국 마사토의 어린 시절 이야기는 깊이 묻지 못했다.

앞으로 얼마든지 대화할 기회는 있으니…… 또 물어볼 수 있는 기회가 꼭 올 거야.

"그럼 난 여기서 환승해야 해."

"아, 응! 수고했어! 내일 또 봐!"

전철에서 내리는 마사토한테 손을 흔들고서 작별했다.

솔직히 지금 이 관계가 편안하다.

대학교에서도 함께 행동할 수 있고, 연락도 언제든지 할 수 있고, 거의 사귀는 사이처럼 데이트도 해주고…… 뭐, 분명 본인은 사귀고 있다는 생각 따윈 전혀 하지 않을 테지만.

딴 사람한테 넘기고 싶지 않다. 그건 절대로.

하지만 그와 동시에 현 관계를 부숴버리는 것 역시 무섭다.

마사토와 함께 지낼 수 없게 된다면…… 분명 난 망가져버릴 거야.

띠링.

스마트폰 알림이 울렸다.

누구지? 하고 의아해하며 스마트폰을 꺼냈다. 화면에《마사토》라고 표시되어 있었다.

뭐지? 짐을 돌려주는 걸 깜빡했나……?

《마사토》『오늘 고마워! 즐거웠어~!』

《마사토》【사진을 송신했습니다】

마사토가 사진을……?

바로 탭하여 사진을 열었다.

사진 속에는 내가 배팅에 푹 빠져 있을 때, 진지한 표정으로 공을 기다리며 자세를 취하는 모습이 담겨 있었다.

비스듬한 뒤쪽에서 찍은 사진이었다.

《마사토》『도촬해버렸어ㅋㅋ 무지무지 멋졌어! 오늘 승부는 나의 패배로 해둘게!』

전철 안에 설치된 의자에 앉으면서, 이 감정을 곱씹듯이 무심코 스마트폰을 가슴에 품었다.

──아아, 이 사람은 정말.

해주길 바라는 걸 이리도 해준다.

해주길 바라는 말을 이리도 해준다.

"역시 좋아…… 너무 좋아……!"

나직이 중얼거렸다.

전철이 흔들리는 소리 따윈 귀에 들어오지 않을 만큼 심장이 시끄럽게 뛰었다.

활달한 여대생은 정보를 얻는다

요즘에 난 이상하다.

"미즈호, 지난번 강의 프린트 갖고 있어?"

"아, 응, 갖고 있어."

"……괜찮아? 왠지 풀이 죽은 것 같은데…….."

"그, 그렇지 않아! 기운은 왕성하다구!"

억지로 대화를 끝냈다.

코우미한테 소개를 받은 이후로 대학교에서 마사토, 코우미와 셋이서 행동하는 일이 잦아졌다. 지금 진행되고 있는 이 강의도 함께 듣고 있다.

그 자체는 기쁘고, 조금 우월감도 들었다.

대학교 안에서 남자가 있는 그룹에 속하기만 해도 부러움을 사는데, 그 남자가 미남이라면 더더욱.

하지만 나는 코우미가 마사토한테 품고 있는 감정을 알고 있다.

코우미는 그걸 알고서 내게 마사토를 소개해줬다. 그건 일종의 신뢰.

물론 내가 운명의 사람과 만났기 때문일 테지만, 나라면 괜찮다고 믿어준 게 틀림없다.

그런데.

이 사람과…… 마사토와 있으면 나는 이상해진다.

케이토 씨가 시비를 걸었던 그 사건 이후로 내 마음은 줄

곧 싱숭생숭했다.

내 마음이 이토록 가벼웠던가?

운명의 사람을 찾고 싶다. 그 마음은 변하지 않았다.

왜냐면 그때 정말로 큰 위안을 받았으니까.

그런 사람이 이 대학교에 있을지도 모른다고 생각하니 반드시 만나서 이 감정을 전하고 싶다.

하지만 그럼 내가 지금 마사토를 향해 품고 있는 이 감정은 대체 뭐야?

남자라면 누구든 좋다고는 절대로 생각하지 않는다. 그런데도. 마사토한테는 어째선지 자꾸만 끌리고 만다.

코우미가 좋아하는 사람인데. 절대로 좋아해서는 안 되는데.

생각하면 할수록 가슴이 아프다.

강의 내용이 머릿속에 줄곧 들어오지 않았다.

노트는 계속 공백이었다. 어떻게 할지도 모르는 채로. 마음에 낀 안개가 가시지 않았다. 그저 시간만 흘러갔다.

"으~음! 피곤해! 우와, 다음 주에 미니 테스트네~. 나, 자신 없어."

"자자, 어떻게든 될 거야!"

"미즈호는 그렇게 말하면서도 맨날 아슬아슬하잖아……."

"아슬아슬하니 오케이인 거야!"

강의를 마치고 돌아가는 길.

이렇게 걷고 있을 때에는 잊을 수 있다. 복잡한 나의 감정도. 코우미와 마사토의 관계도. 그저 즐거운 시간을 느낄 수 있다.

"그럼 아까 말한 배팅 센터에 가자! 전철을 조금만 타고 가면 되니까!"

"오― 아주 좋지."

"미즈호도 갈 거지?"

그런데 느닷없이 그런 권유를 받았다.

갑자기 가슴이 괴로워졌다.

코우미는 마사토와 가고 싶어한다.

내가 거기에 낀다면 방해가 된다. 왜냐면 코우미는 마사토를 좋아하니까. 대학교에서도 단둘의 시간을 빼앗고 있는데 밖에서도 빼앗는다면…… 난 싫은 녀석이다.

힘내자, 하고 속으로 스스로를 달랬다.

"어? 아…… 아하하! 오늘은 선약이 좀 있어서…… 둘이서 놀다 와!"

"어머? 그래?"

"응응! 역시 이 미즈호 짱은 인기가 너무 많아서 바쁘거든…… 요요요."

나쁘지, 않다.

평소처럼 연기하고 있다. 이러면 돼.

처음부터 알고 있었으니까.

"미즈호, 무슨 볼일 있어?"

"……윽."
마사토가 내 얼굴을 들여다봤다.
악의는 없는 순수한 눈동자. 반듯하고 말쑥한 이목구비.
그만.
그만해.
숨을 크게 들이마셨다.
"우, 우와~! 이거 난감하네. 마사토도 이 미즈호 짱이 와 주길 바랐는가. 하지만 오늘은 안 돼! 미안! 그럼 둘 다, 내일 봐~!"
어느새 뛰고 있었다.
선약 따윈 물론 없다. 하지만 더 이상 두 사람과 함께 한다면 심장이 아파오는 걸 견딜 수 없을 것 같았다.

귀갓길, 나는 환승역에서 개찰구를 나왔다.
정기권에 속하는 곳이라서 돈이 더 들지도 않는다.
그저 정처 없이 걸었다.
혼자서 걷고 있을 때에는 마음을 진정시킬 수 있다.
"아……."
그러는 동안에 익숙한 드러그 스토어에 도착했다.
여긴 나와 운명의 사람이 만났던 장소.
거리를 거닐다 보면 우연히 또 만날 수……는 없겠지.
그때와는 시간도 요일도 다르다.
만약에 딱 마주친다면 그거야말로 기적이나 마찬가지다.

하지만…… 지금 운명의 사람과 몹시 만나고 싶었다.

왜냐면 그쪽에 감정이 쏠리면 셋이서 있을 때에 죄책감을 느끼지 않을 테니까.

마사토한테 점점 끌리는 이 감정에 제동을 확실히 걸 수 있다.

"화장품이나, 볼까……."

그냥 가게에 훌쩍 들어갔다.

어차피 한가하니까.

그러자.

"늘 감사합니다~."

"아뇨! 저야말로~!"

계산대에서 나와 이쪽으로 다가오는 남성.

그 제복이 눈에 익었다.

그때는 콘택트 렌즈가 없어서 잘 몰랐지만.

──운명의 사람이 입었던 것과 똑같은 제복이야.

심장이 철렁했다.

얼굴을 봤지만…… 다르다. 애당초 머리 색깔이 너무 화려하다.

저렇게까지 색깔이 화려하지 않았고, 키도 운명의 사람보다 상당히 작다.

다른 인물임이 명백하지만, 같은 제복을 입고 있으니 같은 가게에서 일하고 있을 가능성이 높다.

아니, 거의 그렇겠지.

나는 거의 무의식적으로 말을 걸었다.

"저, 저기!"

"……음? 왜?"

아, 아차. 엉겁결에 말을 걸었는데, 이래서는 엄청 이상한 녀석처럼 비칠 거 아냐.

"아, 으~음, 저기."

"……응?"

뭐, 뭐라고 묻지?

맞아! 대학생 알바가 있는지 물어보면 돼!

"저, 저기, 그 가게에 대학생 알바가 있을까요……?"

"대학생……? 으~음. 아, 응, 있는데?"

있다!

하지만 대학생 알바가 없는 게 더 드물지 않나……?

정보가 더 필요해…….

모처럼 얻은 찬스야. 허투루 흘려보낼 수 없어!

"으음, 이, 이름이 뭘까요……."

"으~음, 역시나 가게 내부 정보라서 알려줄 수 없어. 미안."

"그, 그렇군요! 죄송합니다!"

아, 당연하지. 바보, 바보!

이거 완전히 수상한 사람이잖아!

"아, 그럼 괜찮으면 이걸 줄게. 그리 궁금하면 한번 와보면 되잖아?"

"어……? 감사, 합니다."

은발에다가 귀엽게 생긴 그가 명함을 건넸다.

명함도 있구나…….

"그럼 이만. 기다리고 있겠습니다, 아가씨."

"……응?"

손을 살랑살랑 흔들며 그 오빠(?)가 떠났다.

내 타입은 아니었지만, 꽤 미남인 듯했다.

미남이라기보다 귀여운 느낌?

저런 말을 듣고도 가슴이 두근거리지 않았다. 역시나 누구든 상관없는 게 아니었어. 나는 안도했다.

명함을 살펴봤다. 거기에는 휘황찬란한 글라스와 야경이 그려져 있었다.

어쨌든 상호를 알아냈으니 커다란 진보다.

으음, 어디 보자.

"보이즈 바『Festa』……? 보이즈 바?!"

화, 확실히 방금 그 사람도, 운명의 사람도 멋지긴 했지만!

이건 너무나도 뜻밖이었다. 명함에는『유우타』라고 적혀 있었다.

"어, 어어……?!"

가게를 알아내거든 당장 가려고 마음먹었다.

하지만 보이즈 바라면 이야기가 다르다.

그보다도 운명의 사람이 보이였다니……!

"어, 어쩌지……."

새롭게 알아낸 정보가 머릿속에 빙글빙글 맴돌았다. 생각

도 정리되지 않았다. 나는 제자리에서 몇 분 동안 꼼짝할 수
없었다.

결국 집으로 돌아왔다.

침대 위에 뒹굴뒹굴 구르면서 스마트폰을 만지작거렸다.

가게를 조사해봤더니 일단 18세 이상이라면 가게에 들어
갈 수 있단다. 마음만 먹으면 갈 수는 있을 것 같다.

하지만…… 분명 돈을 많이 써야 할 테고, 당연히 보이즈
바 같은 곳에는 가본 적이 없다.

게다가.

"보이라서 다정했던 걸까…….."

한 가지 의문이 고개를 쳐들었다.

가게 접대의 연장이었을까……?

하지만…….

『괜찮아요? 콘택트 렌즈죠. 함께 찾아볼게요.』

『죄송합니다! 콘택트 렌즈를 잠깐 찾고 있어서요!』

『……자, 조심하세요.』

눈을 감으면 마치 어제 일처럼 떠올릴 수 있다.

그 웃음이, 다정한 말이, 배려가.

가짜였을 리는 없다.

하물며 난 손님도 아니었다.

가게 밖에서 그렇게까지 할까?

그렇게 생각하니 역시나 그는 천성이 다정한 사람——.

띠링.

스마트폰에 SNS 알림이 왔다.

나는 누운 채로 읽음 표시를 찍지 않도록 메시지를 봤다.

《코우미》

『미즈호, 신경 쓰지 않아도 되는데』

『하지만 고마워』

코우미는 역시 눈치챘다.

그래도 좋다. 코우미가 즐거웠다면 그걸로…….

그렇게 생각했을 때.

잇달아 알림이 왔다.

《코우미》【동영상을 송신했습니다 52초】

《코우미》【사진을 송신했습니다】

『이것 좀 봐. 뒤에서 마사토를 찍어버렸어. 엄청 멋지지 않아?』

『게다가 마사토가 나도 찍어줬어. 장난 아니지♪』

가슴이, 갑자기 괴로워졌다. 가슴 언저리를 세게 쥐었다.

왜?

왜 이렇게 괴로운 거야? 씁쓸한 거야?

잘됐네. 이미 여친이나 마찬가지잖아?

평소처럼 그렇게 말하고 싶어!

그런데 어째서.

이리도 괴로운 거야……?

문득 책상 위에 아까 놔뒀던 게 눈에 들어왔다.

손을 뻗어 집어봤다.

명함.

돌아가는 길에 받았던 보이즈 바 명함.

침대 위에 드러누운 채로 오른손을 들어 올려 조명을 가리면서 그걸 쳐다봤다.

……한숨을 내쉬고서 들어 올렸던 오른팔을, 얼굴을 뒤덮듯 떨어뜨렸다.

“……가는…… 수밖에 없어.”

이 감정에 제동을 걸기 위해서.

친구에게, 스스로에게 상처를 주지 않기 위해서.

나는 각오를 굳혔다.

대학 그룹(3)

 내일 마사토 2교시부터지?
읽음2 21:12

읽음2 21:21 맞아! 

 나랑 미즈호 1교시 휴강이니까 역에서 같이 가자!
읽음2 21:48

읽음2 22:31 오케이! 

 그럼 10시 반에 역 앞에서 집합! 미즈호도!
읽음2 22:45

읽음2 23:02

읽음2 1:16

 미안, 늦잠 잤어!!
읽음2 9:30

먼저 가~ 자리 좀 잡아줬으면 좋겠어!!
읽음2 9:31

   Aa  

농구부 여중생은 활짝 웃는다

본격적으로 여름 더위가 심해진 일요일.

매미 울음이 상당히 요란해졌다. 그런 날에 나는 깨어난 뒤로 아무것도 하지 않고 집에 틀어박혀 있었는데.

"더워……."

아무리 그래도 너무 덥잖아!

에어컨이 방에 달려 있긴 하지만, 전기세를 가급적 절약하고 싶어서 웬만하면 틀지 않는다.

이렇게 더우니 어쩔 수 없다고 변명할 수는 있겠지만, 여름은 이제 막 시작됐다. 고작 이만한 더위 때문에 에어컨을 틀었다가는 훗날 큰코다치겠지.

"……밖에 나갈까."

바깥이 더 덥잖아, 하고 지적할지도 모르겠지만, 기분 문제다. 이대로 안에서 더위에 시달리기보다 밖에서 활동하는 편이 그나마 낫다.

가벼운 샤워로 땀을 씻어낸 뒤 활동성이 좋은 옷으로 갈아입었다. 륙색에 농구공과 수건 등을 쑤셔 넣었다.

"……유카가 있을지도 모르겠네……."

스마트폰을 확인해보니 오늘도 아침 일찍 연락을 했다.

건전한 농구부 소녀는 지금도 연습하고 있을지도 모르겠다.

어느새 유카와 농구를 하는 걸 기대하고 있는 나 자신이 놀라웠다.

왜냐면 그 아이는 실력이 점점 향상되고 있으니까. 그러니 보고 있어도 즐겁다. 슬슬 정말로 그곳을 탈환해도 이상하지 않다. 슬프지만!

정말로 여중생 맞나?

"좋아. 가볼까?"

문을 잠그고서 공원으로 향했다.

역시나 한여름의 태양이 맹렬하게 콘크리트를 달구고 있었다. 그래도 바깥 공기를 쐬니 기분이 다소 좋아졌다.

역시나 일요일 오후라서 그런지 공원 농구 코트에는 먼저 온 손님이 있었다.

"뭐, 그렇게 잘하지는……."

강한 기시감이 느껴졌다.

농구 코트 안에 있는 인물이 보일 만큼 거리가 가까워지자 알아챘다.

넷이서 농구를 하고 있는 여자들 중에 한 사람을 나는 아주 잘 알고 있다.

"유카잖아?"

검은 숏머리에 파란 헤어핀.

오늘은 부활동 운동복이 아니라 늘 농구를 할 때 입던 옷차림이었기 때문인지도 모르겠지만, 유카의 모습을 금세 발견했다.

설마…… 또 괴롭힘?

요전에도 겪은 적이 있다.

나는 불길한 예감을 느끼고서 일단 농구 코트로 다가가 봤다.

"이쪽!"

"예!"

"쏴도 돼!"

"나이스 슛!"

아, 괜찮구나.

넷 모두 표정이 진지했다. 지난번과 달리 전력으로 농구를 하고 있음을 금세 알았다.

"지쳤어~!"

"일단 쉴까?"

오오…… 왠지 신선하다. 유카가 리더십을 발휘하고 있다.

대화를 들어보니 동급생인 듯했다. 그러고 보니 유카는 1학년 중에서 유일하게 시합에 출전하고 있다고 한다. 그러니 리더가 되는 건 자연스러울지도.

네 사람이 코트 옆 벤치로 향했다.

음~ 어쩌지? 모처럼 연습을 하러 온 유카 일행한테 찬물을 끼얹는 건 미안하다. 하지만 기껏 농구를 하러 왔으니 공을 만져보고 싶기도 했다.

……등을 돌린 채 슛을 하면 기회가 한 번쯤 있지 않을까?

슈팅만 잠깐 하고서 돌아가자. 좋아. 그러자.

나는 륙색에서 공을 꺼낸 뒤 들키지 않도록 몰래 코트에 들어갔다. 그녀들한테서 등을 돌린 채 공을 여러 번 드리블했다.

가볍게 워밍업.

다리 사이로 공을 넘기다가 이번에는 등 쪽으로 넘기고…….

응, 공이 손에 착착 붙는다.

공을 한두 번 바닥에 튕기고서 중거리에서 점프 슛.

슉 하는 후련한 소리를 내고서 공이 골대에 빨려들었다.

응, 이 거리는 성공률이 높아서 좋다.

좋아, 앞으로 두어 번 슛을 쏘고서 돌아가자──..

"오빠."

슛 자세를 취하려고 했을 때.

뒤에서 귀에 익은 목소리가 들렸다.

뭐……라고…….

"왜, 왜 들켰지……."

"오빠의 플레이를 대체 몇 번이나 본 줄 아세요……. 그 정도는 금세 알 수 있어요."

어느새 바로 뒤에 온 유카가 말을 걸었다.

생긋 웃고 있는 그녀의 웃음이 눈부시다.

"이야~ 미안, 미안. 방해하면 안 될 것 같아서. 금방 돌아갈게."

"어? 돌아가려고요?"

"팀메이트잖아? 좋네. 착실히 연습해."

모처럼 동급생들과 연습하는데 방해하면 못 쓰지. 유카한테 손을 살랑살랑 흔들고서 나는 공을 안고서 퇴각.

잠깐이라도 숏을 쐈으니 됐어.

"저기!"

공을 륙색에 넣으려고 쪼그려 앉은 내게 누군가가 말을 걸었다.

뒤를 돌아보니 유카의 팀메이트로 보이는 세 소녀들이 내게 한꺼번에 다가왔다.

뭐, 뭐야, 뭐야?

""""농구를 가르쳐 주세요!!""""

어어…….

친구들이 내게 가르침을 청할 줄은 유카도 예상지 못했는지 넷이서 말다툼을 벌이고 있었다.

……그보다도 유카만 일방적으로 화를 내고, 나머지 세 사람은 흘려보내는 느낌이 드는 것도 같은데…….

유카한테 폐를 끼쳤나?

"아~ 유카, 역시 돌아갈게. 미안해서."

"아! 아, 아니에요. 오빠는, 도, 돌아가지 마요……."

"……응? 그래?"

왠지 얼굴이 붉다. 괜찮나?

"유카한테 했듯이 저희한테도 농구를 가르쳐 주세요!"

"내가 가르칠 수 있는 거라면 딱히 상관없지만……."

아까 그 플레이를 봐도 역시나 유카는 이 중에서 상당히 두드러진다.

다른 아이들은 일반적인 농구부 여중생 같았다.

잘하는 편이긴 하지. 하지만 그 정도 수준이라면 나도 가르칠 수 있는 게 있다.

"야호!! 전 스즈카라고 해요. 잘 부탁해요!"

"전 카호예요!"

"미호예~요!"

오오, 기세가 대단해……. 젊구나.

이제 난 아저씨인가……. 손을 내밀기에 잡아줬더니 위아래로 붕붕 흔들었다.

기운이 왕성해…….

"아이 참~!!"

유카가 발끈했다. 역시 방해가 됐나…….

다 끝난 뒤에 개인적으로 사과 메시지를 보내자…….

중학생이라서 그런지 다들 기술을 흡수하는 속도가 빨랐다.

내가 가르친 걸 수월하게 행동으로 옮기더니 금세 자기 것으로 만들었다.

그렇구나. 이래서 중학생은 최고라고 하는가 보다. 그 마음을 알겠다.

누가 했던 말인지는 까먹었지만. 게다가 중학생이 아니라 초등학생이었던 것 같기도 하고.

"오빠, 오빠!"

유카가 나를 오빠라고 불러서인지 농구부 애들도 나를 오빠라고 부르게 됐다.

게다가 미호 짱은 나를 오빵이라고 불렀다. 유카가 엄청 발끈했다. 무서버라.

이 포니테일 아이의 이름이…… 스즈카 짱이라고 했던가?

"오빠한테 유카 짱은 어떤 존재인가요?!"

"야, 스즈카?!"

유카가 엄청난 기세로 스즈카 짱한테 헤드락을 걸었다.

아니, 그거 아플 텐데…….

유카도 오해를 사는 게 싫을 테지. 좋아, 딱 부러지게 말해줘야겠네. 유카의 호감도를 회복시키자.

"유카는 글쎄…… 아직 만난 지 얼마 안 됐지만, 이제 내게는 여동생 같은 존재야."

거짓 없는 말이었다. 어느새 유카와 농구를 하는 걸 즐기게 됐고, 농구 이외의 대화도 자주 나누게 됐다. 나는 유카와 대화를 나누는 시간을 꽤 좋아하는구나 싶다.

조금 뻔뻔스러웠나……? 그래도 유카는 나름 나를 잘 따라주니 싫어하지는 않는다고 믿고 싶은데…….

"여, 여동생……."

아, 미안. 왠지 싫어하는 듯하다.

울고 싶다. 착각했습니다.

"예예, 저도 질문! 오빠는 여친 있나요~?!"

이번에는 왠지 갸루 같은 미호 짱이 질문했다. 요즘 애들은 조숙하구나?

"없어~. 혼자야."

"에엥~ 말도 안 돼! 예예! 그럼 저 여친 입후보할래요!"

"미호!!!"

와~ 유카가 엄청 발끈했다~. 아까부터 침울해하다가 금세 화를 낸다. 유카의 정서가 걱정됐다.

그나저나 다짜고짜 여친 입후보 같은 소리를 하다니, 아직 중학생은 사랑을 사랑하는 시기인가 보다.

"""감사했습니다!"""

"예, 나야말로 어울려줘서 고마워~."

유카를 제외한 세 사람이 벤치 쪽으로 돌아갔다. 미호 짱은「3년이 지나면 고백하러 갈게요!」하고 말했다.

갸루 같긴 하지만 쾌활하고 좋은 아이였다. 아마도 3년이 지나면 나 같은 건 잊어버릴 거야…….

"저기, 감사해요. 마, 마사토 오빠."

"응? 아니야. 나야말로 방해해서 미안."

심경에 무슨 변화가 일었는지 유카가 나를 마사토 오빠라고 부르기 시작했다. 전혀 상관없지만, 아까 여동생으로 취급해서 싫어했던 것 같은데 착각이었나……?

"좋은 애들이네. 소중히 대해줘."

"그래야죠. 괜찮다면 다음에 시합을 보러 와주세요."

“오, 꼭 갈게. 유카가 시합하는 모습을 보고 싶으니까.”

일반인도 시합을 관전할 수 있나? 대회라면 볼 수 있으려나……?

“저, 저기…….”

“응?”

기분 때문일까? 노을빛을 쬐고 있는 유카의 뺨이 붉은 듯했다.

역시 이렇게 보니 유카의 얼굴은 앳되면서도 여성스러운 곡선을 띠고 있어서 귀엽네. 비취색 눈동자도 투명하고 예쁘다.

장래에 분명 미인이 되겠지.

그녀는 조금 뜸을 들이고서 대답했다.

“아무것도, 아니에요.”

“……응? 그래? 그럼 다음에 또 봐. 언제든지 연습에 어울려줄게.”

그 몇 초 동안 유카가 무슨 생각을 했는지는 모르겠다.

무슨 말을 삼킨 것처럼 보였는데.

“예. 다음에는 둘이서 연습하고 싶어요.”

“하하하, 그러게. 유카한테 뭘 가르치려면 단둘이 더 좋겠지.”

다른 애들과는 가르쳐줄 수 있는 기술의 수준이 너무 다르다.

그런 의미에서도 유카의 입장에서는 단둘이 연습해야 기

술에 더 숙달될 수 있겠지.

"예! 또 부탁드릴게요!"

마지막으로 명랑하게 대답해준 유카의 웃음은 역시나 귀여웠다.

농구부 여중생은 진심입니다

농구부 동급생 중에는 좋은 애가 많다.

선배가 괴롭힐 때도 이 아이들은 줄곧 내 편을 들어줬다.

……아, 괴롭힘 자체는 오빠 덕분에 전보다 상당히 줄어들었다. 정말로 오빠한테는 고마운 마음뿐이다.

어쨌든 우리들은 다들 사이가 좋고, 신뢰하고 있다.

그래서 우리가 3학년이 됐을 때에는 다함께 대회에서 열심히 뛰어보고 싶다고 조금 생각했는데.

"엥~ 뭐야 저 멋진 사람!! 유카, 왜 저런 사람이 있는데 소개해주지 않은 거야?!"

"나 매일 여기 올까……."

"유카도 참. 저 사람을 독점할 생각이었잖아! 지금까지 뭘 해왔던 거야! 야한 짓! 야한 짓 했지! 어디까지? 어디까지 했어! 이 음흉 대왕!"

……지금 이 상황이 몹시 싫어졌습니다.

왜 이렇게 돼버린 걸까?

오늘은 우연히 부활동이 없고, 모두들 한가해서 농구를 하기로 했습니다.

지역민한테 개방된 체육관에서 하자는 이야기도 나왔지만, 체육관 내부는 무더워서 야외에서 농구를 하기로.

저는 다행히도 오빠와 농구를 하는 공원을 알고 있기에 거길 제안했습니다.

……오빠와의 장소라서 살짝 거부감은 들었지만…….

그래서 공원에서 농구를 하고 있었는데, 우리가 잠시 쉬는 틈에 웬 남자가 코트에서 농구를 하기 시작했습니다.

"어! 우리가 없는 틈에 장소를 빼앗겼어~!"

"……잠깐만, 남자잖아? 혼자 오다니 신기하네."

친구의 말을 듣고서 그 사람을 쳐다봤더니…… 금세 오빠임을 알아챘습니다.

키와 분위기, 그리고…… 농구 플레이도.

그중 하나만 봐도 알아챌 수 있을 정도인데 세 가지가 다 갖춰졌으니 모를 수가 없습니다.

내가 많이 좋아하는 사람.

"어, 유카, 어디 가?"

"유카 안 돼! 아무리 음흉녀 유카 짱일지라도 초면인 사람한테는 범죄야!"

……너무 무례한 거 아냐?

난 음흉하지 않아! 평범해! 평균이야 평균!!

그래서…… 오빠한테 말을 건 것까지는 좋았는데…….

어느새 세 사람이 다가오더니 발칙하게도 오빠한테 농구를 지도해달라고 청했습니다!

아, 그건 내 특권인데…….

"아, 저기 저 오빠는 개인적으로 내게 지도를 해주고 있는데……."

"뭘 지도받고 있나요??"

“사랑의 개인 지도……. 자세히 말해봐.”

“요즘에 어른스러워졌구나 싶었더니 그쪽이었어……?”

“아니래도!!! 아이 참, 진짜 싫거든!! 오빠한테 무례한 발언 좀 하지 말아줄래?!”

진짜 최악.

이래서야 오빠한테 무슨 말을 할지 알 수가 없잖아…….

“아~ 유카, 역시 돌아갈게. 미안해서.”

“아! 아, 아니에요. 오빠는, 도, 돌아가지 마요…….”

“……응? 그래?”

오빠가 돌아가줬으면 하는 생각은 안 했어.

하지만 세 사람이 오빠한테 이상한 소리를 하지 않을지 불안.

이제 뭐가 뭔지 모르겠어~!!

이러는 동안에도 세 사람은 생글거리며 오빠한테 자기소개를 했다.

괘, 괜찮을까…….

아, 미호가 오빠의 손을 잡고 있어…….

우~ 왠지 속이 부글거려~. 오빠는 내 오빠인데…….

“아이 참~!!”

이럴 줄 알았으면 이 공원을 소개해주지 말걸 그랬나?!

그런데 의외로 막상 오빠가 농구를 지도해주자 다들 얌전히 받았다.

역시 다들 농구를 좋아하는구나.

그걸 알아서 조금 기뻤다. 오빠도 수준에 맞춰서 가르쳤고, 내게도 착실히 지도를 해줬다.

그때마다 「유카한테는 전에도 말했지만~」하고 말해줘서 특별한 기분이 들어 기뻤다.

나와 오빠가 둘이서 보냈던 시간은 둘도 없이 소중하다.

오빠도 그렇게 여겨줬으면 좋겠구나 싶다.

"오빠, 패스!"

"오빠, 대단해!"

……그건 그렇고, 왜 다른 애들도 오빠라고 부르는 걸까? 그 사람은 내 오빠인데…… 이상해질 것 같아.

어, 어쨌든 다른 애들도 오빠라고 부른다면 난 호칭을 바꿔야겠어.

마사토 씨……? 그래도 전에 오빠라고 불러줘서 기쁘다고 말해줬으니…… 마사토 오빠. 좋아, 이걸로 하자.

"오빠, 오빠!"

휴식 중에 스즈카가 마사토 오빠 곁으로 달려갔다.

……왠지 불길한 예감이.

"오빠한테 유카 짱은 어떤 존재인가요?!"

"잠깐, 스즈카?!"

무슨 소리를 하는 거야!!!

곧바로 스즈카의 머리를 확보했다.

"아파, 아파! ……그래도 유카도 궁금하잖아?"

"끙…….."

부, 분명 궁금하다. 마사토 오빠한테 난…….

소중히 여겨주고 있다면 기쁠 텐데….

지, 지난번 일도 있으니까…… 어쩌면 호감을 가지게 됐을지도…….

"유카는 글쎄…… 아직 만난 지 얼마 안 됐지만, 이제 내게는 여동생 같은 존재야."

가슴이 욱신, 아팠다.

"여, 여동생……."

여동생.

분명 친밀도를 따져보면 가깝다고 생각해. 소중히 대해주는 느낌도 전해지고 있고.

하지만 여동생은 안 돼.

왜냐면.

여동생으로 여기는 동안에는 분명 날 좋아해주지 않을 거야.

여친으로 삼아주지 않을 거야.

난 마사토 오빠를 좋아해요.

그러니 날 좋아해줬으면 좋겠어.

가슴에 이는 아픔이 서서히 넓어진다.

"오빠는 여친 있나요~?!"

앗, 미호?! 그거 상당히 강렬한 질문이잖아?!

"없어~. 혼자야."

휴우……! 다, 다행이야.

있어~ 하고 말했다가는 아마도 울었을 거야. 거짓말 아냐.

그냥 울면서 돌아갔겠지.

"에엥~ 말도 안 돼! 예예! 그럼 저 여친 입후보할래요!"

"미호!!!"

아이 참. 진짜 너무 가볍다니까 미호는!

그러고 보니 미호 너 남친 생겼다고 하지 않았어?!

연습을 마친 뒤.

호흡을 가다듬고서 나는 마사토 오빠한테 감사를 전하러 갔다.

혼자서.

"저기, 감사해요. 마, 마사토 오빠."

"응? 으으—응. 나야말로 방해해서 미안……. 좋은 애들이네. 소중히 대해줘."

"그래야죠. 괜찮다면 다음에 시합을 보러 와주세요."

"오, 꼭 갈게. 유카가 시합하는 모습을 보고 싶으니까."

……기쁘다.

그 말을 들었을 뿐인데 내 마음이 따뜻해졌다.

나도 참 단순하네…….

자, 그렇기에 여동생이라는 인식을 고치고 싶다.

무심코 목소리가 먼저 나왔다.

"저, 저기……."

"응?"

그런데 뭐라고 말하지?

몇 가지 말들이 떠올랐지만 사라져간다.

고백할 용기 따윈 없다.

하지만 여자로 봐주세요, 라는 말은 할 수 없다. 이미 그건 거의 고백이잖아.

여동생 취급이 싫은 건 아냐.

머리를 쓰다듬어주거나, 칭찬해주는 건 기쁘다.

하지만 난 한 걸음 더 나아간 관계가 되고 싶다.

"아무것도, 아니에요."

"……응? 그래? 그럼 다음에 또 봐. 언제든지 연습에 어울려줄게."

난 참 소심해.

마음속으로 스스로에게 푸념을 내뱉었다.

하지만 마사토 오빠한테는 웃음으로.

"예. 다음에는 둘이서 연습하고 싶어요."

"하하하, 그러게. 유카한테 뭘 가르치려면 단둘이 더 좋겠지."

단둘이——.

그 말을 듣고서 두근거렸다.

마사토 오빠도 단둘이 좋다고 생각했나?

……언젠가 반드시. 마사토 오빠가 나를 더욱더 의식하게 만들겠어.

모두와 달리 나의 이 사랑은——.

"예! 또 부탁드릴게요!"

진심이니까.

그날 밤.

나는 파자마로 갈아입고서 침대에 드러누워 홀로 생각하고 있었습니다.

오늘 마사토 오빠가 했던 말이 떠오른다.

『내게는 여동생 같은 존재야.』

여동생, 여동생이라.

어떻게 해야 여동생에서 졸업할 수 있을까.

"역시 의식하도록 만들어야 해."

좋아하는 사람이 나를 돌아보도록 하는 방법…… 인터넷 등을 살펴봤는데도 솔직히 모르겠다. 상대가 연상인 패턴이 적어서 참고가 거의 되지 않았다.

하지만 어쨌든 의식하게 만드는 건 중요하다고 생각한다.

의식…… 어떻게?

끌어안는다? 아니, 안 돼. 감격에 겨워서 요전에 해버렸는데 평범하게 머리만 쓰다듬어주고서 끝.

여동생의 스킨십으로 끝나고 만다.

손을 잡는다? 으~음, 끌어안는 게 더 위잖아?

그렇다면 끌어안는 것보다 더 위…….

"키스……라든가?"

갑자기 얼굴이 화끈거린다.

베개에 얼굴을 힘껏 묻었다.

안 돼, 안 돼, 안 돼! 그런 건.

하지만 분명 좋을지도 모르겠다. 거기까지 해버린다면 분명 의식해줄 거야.

머릿속에서 마사토 오빠의 말쑥한 얼굴이 떠올랐다.

그 얼굴에…… 입술에…….

"……으!!"

어, 어질어질해.

가, 가능할까? 그래도 만약에 해낼 수 있다면 얼마나 근사할까.

첫사랑한테 바치는 퍼스트 키스는 얼마나 감미로울까.

"하아……."

이번에는 베개를 꼬옥 끌어안았다.

마사토 오빠를 끌어안았던 감촉.

잊은 적 없다. 선명히 떠올릴 수 있다.

만약에 키스를 해버린다면…….

생각하면 할수록 어질어질해진다.

어쩌면 그 너머의 단계도……. 나도 참.

아아.

……오늘은 아무래도 잠 못 들 것 같습니다.

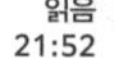

유카

마사토 오빠 오늘 감사했어요
18:14

읽음 19:42
아냐 아냐! 나도 즐거웠어

오늘 했던 얘기 말인데요, 마사토 오빠는
여친 없다고 했죠?
20:02

읽음 21:23
응, 없어~ 쭉 없었어 ㅋㅋ

저기, 그럼 좋아하는 사람은 없나요?
21:34

읽음 21:52
없을걸? 깊이 생각해 본 적은 없어!

그렇군요
21:59

읽음 22:10
갑자기 그런 건 왜 물어봐?

읽음 22:10
아, 알겠다! 학교에 좋아하는 사람이 생겼구나!

읽음 22:11
남친 만드는 건 좋지만 오빠한테 제대로 소개해주기야!

읽음 22:11
유카한테 어울리는 사람인지 확실히 봐줄게

……마사토 오빠 바보
22:50

읽음 23:01
에엥?!

Aa

문학소녀 여고생은 돕고 싶다

토요일.

내게 토요일은 매주 한 번씩 찾아오는 승부의 날이 됐다.

"어서 돌아가야 해……!"

나는 오전 수업을 마치고서 맹렬히 귀가하는 중이었다.

얼른 돌아가서 샤워를 하고 귀여운 옷을 입고.

마사토 님 습격 이벤트에 대비해야 한다.

"……응?"

그러던 때에 주머니에 넣어뒀던 스마트폰이 진동했다.

이건 SNS 알림.

마사토 씨가 벌써 연락을 했나?

【성녀의 모임】

《미아키》『시오리 폭발적 속도로 귀가』

『프린트는 그냥 잊어버렸네』

《마나》『ㅋㅋㅋㅋ』

『시오리, 그날 아냐? 왕자님 데이트』

《하츠미》『아~ 맞아, 맞아. 사진 잘 부탁해』

『나 아직 못 믿으니까』

그룹 채팅이었다.

어째선지 자기들끼리 떠들어대고 있는데???

분명 마사토 님은 왕자님이지만, 사진을 찍으려면 허가를
받아야…….

도촬? 아니, 아무리 그래도 내키지 않아…….

《시노미야 시오리》『미안 ㅎㅎㅎ』

『오늘 밤이라도 좋으니 프린트를 찍어서 보내주면 고맙겠어』

갑자기 과제 프린트를 내주면 어떡해.

새로 사귄 친구들한테 고마워하고 있으니…… 곧바로 또 알림이.

무시하고 집에 돌아간 뒤 보낼까…… 하고 생각했더니, 알림이 무한대로 울렸다.

대체 뭐야!

거슬리는지라 하는 수 없이 화면을 열었다.

《미아키》『어?ㅋㅋㅋ 잠깐만? ㅋㅋㅋㅋㅋ』

『시오리, 프사 그거였던가?ㅋㅋㅋ』

《하츠미》『ㅋㅋㅋ잠깐ㅋㅋㅋㅋ 근데 이름이 풀네임으로 되어 있어ㅋㅋㅋㅋ』

『너ㅋㅋㅋㅋㅋ 요전까지 「시오릿치」였잖아ㅋㅋㅋㅋ』

《미아키》『왕자님이랑 연락처 교환했나 보네ㅋㅋㅋ』

《마나》『잠깐만ㅋㅋㅋㅋ 하나가 더 달라졌어ㅋㅋㅋㅋ』

『BGM 설정하지 마ㅋㅋㅋㅋㅋㅋ』

《미아키》『미친ㅋㅋㅋㅋㅋㅋ 배 아파ㅋㅋㅋㅋㅋㅋ』

『야. 「최애의 얼굴을 방에 붙이고 싶어」였잖아? 당장 돌려놔』

《하츠미》『프사도 애니 프사였잖아??? 뭐 하는 거야? 되돌려』

『어딘지 모르는 해변에서 찍힌 뒷모습 프사 지워』

『아니, 어차피 그거 너 아니잖아?』

《마나》『배 아파 죽겠어 ㅋㅋㅋㅋㅋㅋㅋㅋ』

『본인이 아니라면 이 녀석은 대체 누구야ㅋㅋㅋㅋㅋ』

《미아키》『요즘 유행하는 밴드곡 프로필에 설정하지 마. 어차피 들어본 적도 없으면서』

『상태 메시지도「가을은 좋아」? ㅋㅋㅋㅋ 뭔 말이냐고 ㅋㅋㅋ』

……．

후우.

나는 스마트폰을 살며시 닫았다.

좋아.

짧은 기간이었지만——.

이 녀석들과 맺었던 친구 관계를 끝내자.

읽고 있던 책을 일단 덮고서 문득 벽에 걸려 있는 시계를 봤다.

15시가 다 되어 간다.

평소에는 10분 전부터 5분 전에는 집 인터폰이 울리는데, 오늘은 아직도 마사토 님이 오지 않았다.

"……별일이네?"

마사토 님은 내가 봤을 때는…… 아니, 굳이 내가 평가하지 않더라도 완벽 초인이라서 지각 따윈 하지 않는다.

게다가 평소처럼 30분 전에 『이제 곧 역에 도착해~』라는 메시지도 보냈다.

그렇다면 이미 집에 도착했더라도 이상하지 않다.

나는 방을 나가 계단을 내려갔다.

물론 마사토 씨의 모습은 없었다.

"엄마, 마사토 씨는 아직 안 왔지?"

"응? 그러네. 별일이네. 늘 이맘때에 왔는데."

거실 시계를 봤다.

딱 15시가 됐다. 스마트폰에는 아직도 알림이 오지 않았다.

만약에 그 시간에 역에 도착했다면 진즉에 도착했어야 하는데…….

왠지, 불길한 예감이 들었다.

"엄마, 나 잠깐 역까지 갔다 올게."

"뭐어?"

"외길이니 일단 엇갈릴 리는 없어. 그럼 갔다 올게."

가슴이 술렁여서 나는 급히 신발을 신었다. 아무 일도 없다면 그걸로 됐다. 하지만 그토록 멋진 남자다. 이상한 사람이 치근덕거리더라도 이상하지 않다.

나는 곧바로 현관을 뛰쳐나갔다.

나는 스마트폰을 꽉 쥐고서 나아갔다.

엄마한테도 말했지만, 우리 집에서 역까지 눈에 확 띄는 길은 하나뿐이다.

분명 마사토 씨도 이 길을 따라서 오가겠지.

슬슬 역이 보이는 지점에 이르렀더니…….

멀리서 아는 사람의 모습이 보였다.

오늘도 평소처럼 하얀 티셔츠 위에 보리색 베스트를 걸친 시원스러운 스타일이었다. 잘 못 볼 리가 없다.

마사토 씨야!

정장을 차려입은 두 여성이 무슨 이유인지 마사토 씨를 에워싸고 있었다.

어, 헌팅?!

"꼭 검토해주면 안 될까요? 무리한 요구는 안 할 테니까!"

"아~ 아까부터 말했지만 그건 안 되고요. 게다가 지금 급한 볼일이 있어서……."

일단 근처까지 왔다.

이야기를 들어보니…… 작업은 아닌 듯했다. 모델할 생각이 없냐는 권유인가……? 확실히 마사토 씨는 누가 봐도 미남이라서 권유를 받을 만도 하겠지만…….

내성이 너무 없는 거 아냐? 무시하고서 그냥 지나치면 되잖아?!

마사토 씨는 사람이 너무 좋다.

분명 저 사람들이 하는 이야기를 끝까지 들어줬겠지. 그리고 거절하지 못해서 난감해하는…… 걸까?

잠깐…….

내 머릿속에서 한 가지 가능성이 스쳤다.

이 상황에서 내가 도와준다면 어쩌면 호감도가 떡상하지 않을까?!

와, 왔다……. 호감도 떡상 이벤트……. 시원스럽게 마사토 씨를 도와준다면……!

『후후후, 마사토 님, 괜찮으세요……?』

『시, 시오리 짱…… 좋아해(두근).』

왔다아아아아아!!!!

대승리. 이겼어.

좋아, 그럼 당장―.

……아니, 잠깐만두.

어떻게 시원스럽게 도와주지?

『죄송합니다. 제 남친한테서 떨어져 주실래요?』

너무 빡세!

뜬금없이 여친인 척 구는 건 역시나 좀!! 다른 방안은?

『미~안. 오빠, 기다렸어?? 자자, 얼른 집으로 돌아가자(캬르릉)?』

캐릭터가 버겁다. 나는 그런 여동생처럼 굴 수 없다.

무슨, 무슨 좋은 방안이 없을까?!

"그럼 괜찮다면 연락처만이라도! 알려줄 수 없을까요!"

"아니, 저기……."

"전화번호만이라도 좋아요. 또 연락을 드릴 테니……."

위험해!

이러고 있을 여유가 없다.

마사토 씨가 연락처를 알려주기 전에!! 바, 방침을 전혀 정하지 못했지만 도와줘야 해!!

나는 전속력으로 마사토 씨 곁으로 달려갔다.

이제 뭐든 좋아! 저, 저질러야 해!

"저, 저기요오오!!"

"……어?"

내 목소리가 예상 밖으로 컸는지 정장을 입은 두 여성이 이쪽을 봤다.

아, 이 사람들 압박감이 대단해.

나를 민달팽이쯤으로 여기는 거 아닌가요??

하, 하지만 난 질 수 없어.

나는 용기를 북돋았다.

"이, 이봐, 아주 세상 무서운 줄 모르는구만? 거기 계시는 분이 누구라 생각하는 거냐!"

"……? 누구시죠?"

아, 아뿔싸. 도입부부터 엉망진창.

시대물 관능소설을 읽지 말 걸 그랬다. 시원스럽다는 의미가 뭔지 정말로 아니?

사전을 좀 찾아보지? ^^

왕자님을 지키는 기사님이 될 생각이었는데 어째서 이런…….

아—— 진짜! 엄청 수상쩍게 여기고 있어! 기사회생 해야해! 기사답게 말이야(엄청난 말장난)!

"아~ 소생은 이가의 쿠노이치로서 태어난 지 어언 17년. 이 기술은 중요할 때 쓰기로 마음을 먹었으나…… 하는 수 없구나. 야압!!"

"엥??? 얘 뭐야……? 앗! 잠깐!!"

끝났어.

대체 무슨 소리를 지껄이는 거야?

여하튼 나는 시종일관 어리둥절해하던 마사토 씨의 손을 잡고서 냅다 뛰기 시작했다.

이제 뭐든 상관없어!! 도망치면 이기는 거야!!!

"헉……! 헉……!"

그랬습니다. 저는 체력이 민달팽이 수준이었습니다.

집에 도착하기 전에 벌써 방전됐습니다.

그래도 쫓아오지는 않은 모양이다.

어떻게든 뿌리친 듯하다…….

"마사토, 님…… 괜찮, 습니까……."

아~ 진짜 최악이다.

플랜을 세운 게 헛수고가 됐다.

더 멋지게 도와서 반하게 만들었어야 했는데…….

게다가 방금 전 그 모습은 엄청 요상했고.

질색……하겠지……. 어떻게 얼버무리지?

청초한 소녀가 할 법한 행동이 아니었어…….

"……후후……아하하하하하!!!"

"마사토 씨?"

뒤를 돌았더니 마사토 씨가 눈가에 눈물이 맺힐 만큼 웃고 있었다.

내가 멍하니 있으니 한바탕 웃고서 마사토 씨가 눈물을 훔치며 이렇게 말했다.

"고마워…… 고마워, 시오리 짱! 게다가…… 시오리 짱은 그런 식으로 말할 줄 아는구나!"

"아~ 아뇨, 저기, 잊어주실 수 없을는지……. 정말로 너무 긴장한 나머지…….."

끄, 끝났다……. 그 부분을 대놓고 물어봤다……. 아니, 당연하겠지만.

최악이다……. 기껏 청초한 아가씨를 완벽하게 연기해냈건만……(본인 입장).

"정말 미안. 웃을 일이 아니지. 도와줘서 고마워. 살았어. 게다가 지각해서 미안. 꽤 끈질겨서…… 뿌리치질 못했어."

"아, 예. 그랬군요. 꽤 끈질긴 사람처럼 보이긴 했죠……."

"근데 뭐라고 해야 하지."

"……응?"

……아, 그러고 보니 손을 여전히 쥐고 있는데…….

"시오리 짱의 그런 모습을 더 보고 싶은 것 같아."

"……예?"

"왜냐면 시오리 짱, 늘 뭐라고 해야 할까…… 나와의 사이에 벽을 세워두는 것 같거든. 아까 분명 허둥댄 것처럼 보이긴 했지만…… 왠지 즐거워 보였거든? 그러니까 평소에 내게 보여주는 그런 표정뿐만 아니라…… 여러 다양한 얼굴들도 보고 싶구나 해서."

"……."

손을, 세게 쥐고 말았다.

심장 박동이 전해질 것 같아서 얼버무리고 싶었다.

안 돼. 안 되는 게 당연하지.

이런 내면을 보여줬다가는 싫어할 게 뻔하니까.

그런데.

맨얼굴로 대하고 싶다고 생각하는 나 자신도 어딘가에 있었다.

이야기 속 히로인 같은 아가씨가 아니라, 마을 사람B를 좋아해주길 바라는 복에 겨운 감정이 고개를 내밀었다.

"……생각해, 볼게요."

"응."

잡고 있던 손을 놓았다.

심장이 또 쿵쾅쿵쾅 요란하게 뛰었다. 분명 전속력으로 뛰었기 때문만은 아니다.

지금은 아직 용기가 없지만.

이 사람이라면.

받아들여 주려나?

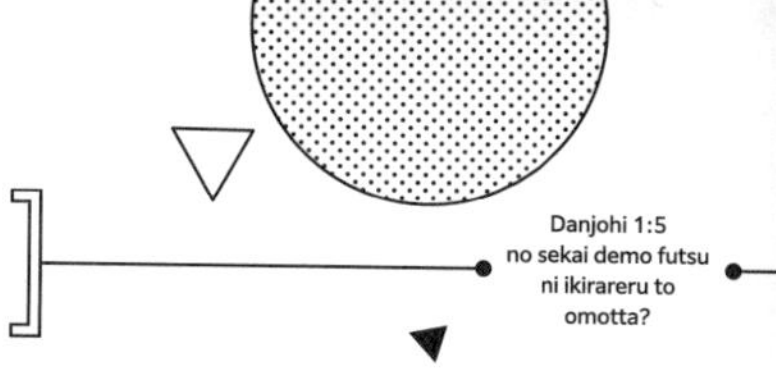

츤데레 계열 오피스레이디는 재인식한다

어느 목요일이었다.

"오후에 쉬게 된 건 좋지만……."

갑자기 오후에 쉬라는 말을 들었다. 곧장 집으로 돌아가 본들 요즘에 푹 빠질 만한 게임도 없고, 딱히 할 일이 없어서 마음에 드는 찻집으로 향했다.

학생 시절부터 이따금 왔던 이 찻집은 조금 복잡한 골목에 자리하고 있어서 손님은 그리 많지 않았다. 그야말로 나만 아는 명소였다.

나는 다즐링 차를 마시면서 스마트폰을 만지작거리고 있었다.

이런 시간이 싫지는 않지만, 모처럼 쉬게 됐는데 찻집 말고는 갈 데가 없어서 조금 서글프기도 했다.

띠링. 알림 소리가 나자 스마트폰을 다시 내려다봤다.

《마사토》『그랬군요. 하지만 오늘은 근무일이 아니에요……』

"……뭐, 그렇겠지……."

물론 밑져야 본전이라는 심정으로 물어봤지만. 회사에서 나올 때 마사토한테 연락을 해봤다. 어쩌면 오늘 마사토가 보이즈 바에 있지 않을까 싶어서. 그럼 여기서 시간을 보낸 뒤에 기쁜 마음으로 마사토를 만나러 갔을 텐데.

한숨을 내쉬고 있으니 스마트폰에서 다시 알림 소리가 울렸다.

《마사토》『혹시 시간이 있으면 가게에 가보시는 건 어떨까요? 전 없지만…… 좋은 사람이 아주 많아요!』

……왜 그런 말을 하는 거야?

가슴속에서 어두운 감정이 솟아나는 게 느껴졌다. 마사토는 곧잘 이런 말을 한다. 나는 마사토가 아니면 안 되는데. 마사토가 아닌 사람은 생각할 수 없는데.

똑바로 전해야만 해. 너 말고는 안중에도 없다는 이 마음을 똑바로.

……하지만. 잠시 생각해봤다.

실제로 내가 마사토가 아닌 다른 사람의 접객을 거의 받아본 적이 없는 것도 사실이다. 그럴 가능성은 만에 하나라도, 억에 하나라도 없다는 건 알지만, 어쩌면 마사토 같은 사람이 또 있을지도 모른다.

"……시간은 있으니 조금만."

홍차가 얼마 남지 않은 컵을 기울이며 나는 오늘 밤에 어디로 갈지 정했다.

20시. 집에서 직장과는 반대 방향으로 전철을 타고서 몇 정거장 달렸다. 비교적 번화한 역에 도착했다. 보이즈 바에 가기로 정했지만, 단골인『Festa』에는 가지 않기로 했다.

……몇몇 보이가 내 얼굴을 알고 있고, 금요일이 아닌 다른 날에 갔다는 사실이 마사토한테 전해지면 왠지 켕길 것 같아서……. 아니, 딱히 나쁜 짓은 아니지만 내 마음이 편치 않아서 다른 가게에 가기로 했다.

번화가 한편, 휘황찬란한 상점들이 늘어서 있는 길에 목적한 가게가 있었다.

계단을 내려간 뒤 지하 입구로 들어갔다. 입구에는 현란한 네온 간판이 걸려 있었다.

숨을 후우, 내쉬었다. 마사토가 일하는 가게는 이미 익숙해졌지만, 나는 이런 가게에 내성을 갖고 있지 않다.

결심을 굳히고서 나는 가게 문을 열었다.

"어서 오세요."

접수처에는 정장을 입은 여성이 서있었다.

"처음인데……."

"예, 방문해주셔서 감사합니다. 시간은 어떻게 하실까요?"

오래 있을 생각은 없기에 짧게 머물겠다고 전한 뒤 자리로 안내를 받았다. 안내해준 곳은 반쯤 개인실처럼 되어 있는 소파석이었다.

자리에 앉은 후에도 역시나 마음이 싱숭생숭해서 안절부절못하고 있으니 보이가 찾아왔다.

"좋은 밤입니다! 하이볼 가져왔습니다!"

“가, 감사합니다.”

주문해뒀던 술을 들고서 보이가 옆에 앉았다. 역시나 옆에 남자가 앉는 건 익숙하지 않아서 무심코 긴장되네…….

보이의 나이는…… 나보다 조금 아래인가? 금발에다가 화장을 해서 어리게 보일 가능성도 있다. 여하튼 첫인상이 화려한 아이였다.

“처음 오셨나요? 기뻐요~! 누나가 무지무지 예뻐서 긴장되네~.”

“……그래.”

아아, 역시나.

내 마음속에서 납득되는 바가 있었다. 무뚝뚝한 대답밖에 할 수 없어서 미안해. 하지만 역시 달라.

『세이라 씨처럼 외모와 성격 모두 아름다운 사람이랑 사귀고 싶었을 텐데.』

진심 어린 그 말을 긴장하면서도 들려준 뒤 쑥스럽게 웃었던 그와는 결정적으로 달랐다.

눈앞에 있는 아이가 내뱉은 말은 가벼워서 도저히 믿을 수가 없었다. 누구에게나 그렇게 말한다는 걸 알아챘다.

업무이니 오히려 그게 당연하겠지. 실제로 그 말을 듣고서 위안을 얻은 사람도 있겠지. 그래서 이 아이에게는 잘못이 전혀 없다.

하지만──.

“아, 15분이 지나서 교대할게요~! 괜찮다면 다음에 지명해 주세요!”

“어어. 고마워.”

시간이 되자 옆에 있어줬던 보이가 안으로 돌아갔다. 마사토와 보냈을 때는 15분이 마치 5초 같았는데 이 15분은 몹시도 길게 느껴졌다. 보이 역시 시시한 여자라고 여겼을지도 모르겠다.

조용히 술을 마시고 있으니 다음 보이가 찾아왔다.

“히로입니다. 잘 부탁합니다.”

“잘 부탁해.”

새롭게 온 아이는 분위기가 차분했다. 화려한 장식을 하지 않아서 아까 아이보다는 마사토와 비슷한 분위기를 지니고 있는 아이. 물론 그렇다고 해서 마음이 딱히 뛰지는 않는다. 대역을 찾는 행위는 이 사람한테도, 마사토한테도 실례이니까.

그 후에는 무난한 대화를 나눴다.

“그런 상황에서도 일을 하고 계시다니 굉장해요. 존경합니다.”

“그런가? 고마워.”

일 이야기. 취미 이야기. 그렇게 대화를 나누다가 나를 치켜세우는 말을 중간에 집어넣는다. 그 말은 물론 듣기 좋긴 했지만, 마음 한편에서는 진심일 리가 없다는 감정이 앞서고 만다. 학생 시절부터 달라지지 않은 나의 나쁜 버릇이다.

"감사했습니다. 또 방문해주시길 기다리겠습니다."

결국 두 사람한테만 접객을 받고서 가게를 나왔다.

이용료는 딱 5천 엔. 뭐, 이게 보통이겠지.

마사토를 만나러 갈 때에는 1만 엔 이하는 절대로 써본 적이 없고, 종종 5만 엔 정도를 지불했던 날도 있었지만.

기지개를 크게 켠 뒤 손목시계를 봤더니 가게에 들어간 지 한 시간도 지나지 않았음을 알려줬다.

"……뭐, 조금 안심되네."

시간과 돈을 즐겁게 썼다고는 할 수 없지만, 이 경험은 커다란 수확이었다. 무엇보다 중요한 사실을 다시금 인식하게 해줬으니까.

"역시 난 마사토가 좋아."

나는 가슴에 손을 대고서 그를 떠올렸다. 그것만으로도 마음에 불이 켜진 듯 뜨거워졌다.

역시 아까 만났던 그들과 마사토는 결정적으로 다르다. 내 착각이 아니었어. 그는 특별하고 유일무이한 운명의 사람. 그걸 확인한 것만으로도 오늘은 좋은 하루다.

스마트폰을 열어 마사토와의 채팅을 확인했더니 몇 분 전에 연락이 와있었다. 나도 참. 아무래도 계산하느라 알아채지 못했나 보다.

《마사토》『아, 그래도 가끔은 저도 불러주세요! ㅋㅋ』

《마사토》『세이라 씨가 지명해주시지 않으면 전 손님이

하나도 없어요! ㅋㅋㅋ』

"……으!"

아아, 진짜.

왜 이 아이는 내 마음을 이리도 어지럽히는 걸까? 마음에 켜졌던 불이 장작을 던져 넣은 것처럼 활활 타오르는 듯했다.

지금 당장 만나서 너뿐이라고 알려주고 싶다. 힘껏 끌어안아 주고 싶다. 오직 너밖에 보이지 않고, 너 역시 오직 나밖에 없도록 만들어주고 싶다.

"하아……!"

고양됐던 감정을 가까스로 억눌렀다. 어서, 어서 만나고 싶다. 채팅 화면을 열고서 마사토한테 답장을 입력했다.

『걱정하지 않아도 난 너 말고는 지명 안 해.』

……이렇게 보내면 조금 직설적일까? 소중한 사람이기에 표현을 신중히 고른다.

『어떻게 할까? 마사토가 그렇게까지 말한다면 지명해줄 수도 있고.』

역시나 너무 건방지다. 이렇게 말했다가 미움을 사면 끝장이다. 끈적하게 느껴지지 않도록 호의를 은근히 전하고 싶다.

『걱정하지 않아도 지명할 거야. 마사토랑 대화하는 게 꽤 좋으니까.』

응, 이 정도면 괜찮지 않을까? 내가 썼지만 수위가 적절

한 문장인 것 같다.

　송신 버튼을 누르고서 스마트폰을 닫았다. 밤바람이 불어오자 비로소 끓어올랐던 감정도 가라앉았다.

　"마사토…… 꼭 행복하게 해줄게."

　마사토와의 미래를 상상하면서 나는 행복한 기분으로 귀가했다.

소꿉친구 계열 여대생은 걱정한다 2

요즘에 미즈호가 이상하다.

지난번에 마사토와 배팅 센터에 가자고 말했을 때도 그랬지만, 왠지 기운이 없고 고민하는 것 같았다. 그건 분명 착각이 아니었다.

"미즈호? 아— 그러게. 요즘 자주 멍 때린다고 해야 하나."

"그래! 지난번에 미즈호가 식당에서 우동을 (소)로 먹었다니까?! 평소였다면 (대)에다가 튀김까지 얹혀서 먹었을 텐데!"

"요전에는 무슨 작은 종이를 멍하니 쳐다보더라. 뭘 그리도 보나 궁금해서 들여다봤더니 당황하며 숨겼어. 뭐였을까? 아, 그건 그렇고, 코우미. 요즘에 강의를 같이 듣는 미남 좀 소개해봐."

미즈호를 아는 친구한테 물어봐도 명백했다. 아, 그리고 마지막에 마사토를 소개해달라고 했던 친구한테서는 도망쳤습니다. 미안해.

여하튼 미즈호에게 고민이 있다면 나누고 싶다. 이러니저러니 해도 사귄 지 오래 됐고, 내게 미즈호는 소중한 친구다. 내가 고민을 들어주겠다고 말하더라도 고깝게 받아들이지 않을 만큼은 깊은 친교를 맺었다고 생각한다.

오늘 1교시는 마사토는 없고, 미즈호와 함께 듣는 강의였다. 고민을 물어볼 타이밍으로는 나쁘지 않을지도 모르겠다.

“좋은 아침……."

“좋은 아침, 미즈호."

졸려 보이는 얼굴로 미즈호가 다가왔다. 평소에는 도저히 아침이라고는 할 수 없는 텐션으로 다가오던 미즈호를 생각하면 이미 기운이 없다는 건 명백했다.

미즈호가 옆자리에 앉아 책상 위에 엎드렸다.

평소에는 고양이귀라고 착각할 만큼 쫑긋 솟아 있는 트윈 테일도 힘없이 늘어져 있는 듯했다.

강의가 곧 시작된다. 나는 미즈호의 어깨를 툭툭 두드렸다.

“……애, 미즈호."

“음—?”

미즈호가 고개만 이쪽으로 돌렸다. 표정 자체는 웃고 있다. 하지만 애써 만들어낸 웃음이라는 걸 오래 알고 지내온 나는 다 안다.

“무슨 고민 있어? 요즘에 기운이 없길래……. 괜찮다면 내가 들어줄까?”

“……어, 어—?! 그렇게 기운이 없어 보여? 평소랑 똑같아, 평소랑! 냐하하!”

미즈호의 눈을 지그시 쳐다봤다. 그녀의 눈이 살짝 일렁였다.

“……내게도 말 못 할 고민이야?”

“으음…… 뭐라고 해야 할까…… 예……."

체념했는지 미즈호가 미안해하며 어깨를 축 늘어뜨렸다.

그렇구나…… 이야기할 수 없는 고민이라면 어쩔 수 없지. 되도록 힘이 되어주고 싶었는데…….

"응, 알겠어. 미즈호가 고민하고 있으면 난 힘이 되어주고 싶어. 언제든 말해줘."

"우에―엥. 코우미, 고마워. 역시 친구님은 사귀고 볼 일이야."

"친구님이 뭐니……."

비로소 미즈호가 기운을 조금 되찾아서 안도했더니 강의 시작을 알리는 차임이 울렸다.

그날 오후. 3교시.

"――이런 일이 있었어."

"그랬구나……. 미즈호는 늘 기운이 넘치는 아이라서 더더욱 걱정이야."

3교시에 학교에 온 마사토한테 요즘에 미즈호가 기운이 없다는 사실을 전했다. 미즈호와 마사토도 짧은 기간에 친해진 것 같으니 마사토가 뭔가 아는 게 있다면 듣고 싶었다.

마사토는 무언가를 골똘히 생각하듯 턱에 손을 댔다.

"역시 예전에 고백했던 동아리 선배랑 관련이 있나?"

"으―음, 그럴 가능성도 있겠네……."

미즈호는 예전에 심하게 차였던 적이 있었다. 그때 상대가 잔인한 말을 내뱉기도 해서 꽤 괴로워했는데…….

"근데 미즈호가 운명의 사람을 만났다고 했잖아? 그 이후에는 굉장히 활기차서 오히려 생기발랄해 보였단 말이야.”

“듣고 보니 그건 그러네.”

이튿날에 만났던 미즈호는 그 우연한 만남을 기뻐하는 듯했다. 고작 하루 만에 딴판으로 변해서 어이가 없었지만, 그래도 나 역시 기뻤다.

“……미즈호는 옛날부터 아주 금사빠였어.”

고등학교 때부터 미즈호는 여하튼 쉽게 반했다. 쉽게 반한다고 해야 할지, 아니면 사랑하는 걸 좋아했다고 해야 할지.

『반짝거리는 고교 생활을 보내고 싶지 않아?!』

『저 선배 엄청 멋져!』

『남친 갖고 싶어~!』

여하튼 미즈호는 연애를 하고 싶어서 남친을 갖고 싶어하는 것처럼 느껴졌다. 그런데 이번에는 종전과는 결정적으로 달랐다.

“하지만 말이야. 미즈호, 이랬단 말이야.『사람을 좋아한다는 게 이런 거구나』하고.”

“…….”

생기발랄한 모습으로 대학교에 왔던 그날.

『사람을 좋아한다는 게 이런 거구나』

그렇게 말하며 웃었던 미즈호는 진심으로 그렇게 여기는 듯 보였다.

“줄곧 사랑을 동경했던 미즈호가 찾아낸, 진정한 첫사랑이라 생각해. 그래서 응원하고 싶어. 이뤄지길 진심으로 바라.”

처음으로 생긴 정말로 좋아하는 사람. 그 사실에 그녀가 얼마나 기뻐했을지 상상하기 어렵지 않다. 현재 그 사랑이 성취될지는 꽤 의심스럽긴 하지만, 그래도 나는 그녀의 옛날을 알기에 남들보다 응원해주고 싶은 기분이 더 크다.

"……코우미랑 미즈호는 정말로 좋은 친구구나."

"어?! 그런가……. 물론 친구라고 생각하긴 하지만……."

온화하게 웃는 마사토의 얼굴이 근사해서 무심코 눈길을 돌리고 말았다. 방심할 새가 없다니까……. 하지만 미즈호와 사이가 좋다는 이야기를 들으면 물론 기분이 나쁘지는 않다.

"어, 어쨌든. 그래서 왜 침울해하는지 알고 싶은데……."

"근데 정보가 부족하다는 얘기구나. 으—음, 어렵네."

내가 예상하기로는 분명 운명의 사람 때문에 고민하는 것 같은데…… 내게도 말할 수 없다니 대체 뭘까…….

"미안, 역시나 잘 떠오르질 않아……."

"으~음, 그치! 오히려 무리한 부탁을 해서 미안!"

역시 그렇겠지. 이것만은 미즈호가 먼저 의논을 청할 때까지 기다리는 수밖에 없나…….

"하지만 코우미의 그 마음을 미즈호도 분명 기뻐할 거야."

마사토가 다정한 목소리로 말했다.

"그러니까…… 그래, 지금은 미즈호가 차분해지길 기다려주자. 진정이 되거든…… 그때는 운명의 사람을 소개해 달라고 하자."

“……아하하, 그게 좋을지도!”

분명 그럴지도 모르겠다. 억지로 캐내려 들지 말고, 아침에도 그러했듯 미즈호가 난처해졌을 때 힘을 빌려줄 수 있도록.

미즈호의 운명의 사람! 보고 싶으니까!

그런 식으로 생각했더니 마음이 조금 편해졌다.

“고마워, 마사토! 늘 도움만 받네.”

“아니, 아니, 오늘은 정말로 아무것도 안 했는데?”

역시 마사토는 정말로 근사한 사람이라는 사실을 다시금 인식하면서 일단 미즈호를 지켜보기로 했다.

그리고 그건 그렇고…….

강의가 시작되기까지 시간이 아직 조금 남은 걸 확인하고서 나는 옆에 앉아 있는 마사토의 팔을 잡았다.

“……있잖아, 오늘 귀갓길에 어디서 밥이나 같이 먹을래?”

“응, 좋아. 오늘은 알바나 일정도 없고.”

“야호! 오늘은 어딜 가볼까?”

나는 마사토한테 어필해야만 해! 기필코 마사토를 내 남친으로 만들어 보일 테니까!

……장래에 미즈호가 운명의 사람과 사귀게 된다면 넷이서 외출해보고 싶네.

들뜬 기분으로 나는 강의가 시작될 때까지 마사토와 갈 레스토랑을 찾아보기 위해 스마트폰을 만지작거렸다.

활달한 여대생은 사전 조사를 한다

운명의 사람이 보이즈 바에서 일할지도 모른다는 사실을 알게 되고서 며칠 동안 나는 보이즈 바가 어떤 곳인지 조사했다.

"남성 종업원과 대화를 나눌 수 있다…… 친해진다…… 술을 마신다…… 으—음."

조사해보니 정보가 산더미처럼 나왔다. 가게를 설명하는 글도 있었고, 보이즈 바 체험담이 적힌 블로그도 있었고, 가게를 홍보하는 사이트도 있었다.

나는 공강 시간을 이용하여 빈 강의실 한편에서 멍하니 그 정보들을 바라봤다. 전에 가게를 조사했을 때 알아낸 것인데, 주로 술을 제공하는 가게이긴 하지만 논알코올 칵테일 같은 음료도 충실히 갖춰놨다고 한다. 아무래도 미성년자도 가게에 갈 수 있는 듯하다.

그 사실 자체는 다행이긴 하지만 역시나 불안감을 씻을 수 없다.

"혼자서 가는 건 절대로 무리야……."

하다못해 누군가가 함께 가준다면. 그런 생각이 들었지만 지인들 중에 이런 바를 잘 아는 사람을 전혀 모르겠다. 이런 때에는 경험자가 데려가주는 게 최선인데…….

그렇게 생각하면서 한동안 검색하다가 어느 기사에 눈길이 갔다.

『보이즈 바에서 남녀 관계가 될 수 있다?!』

"……아!"

나는 엉겁결에 그 기사를 탭했다.

아니, 아니, 아니? 딱히? 그저 흥미가 생겼을 뿐이거든? 나는 남녀 관계를 전혀 기대하지……. 앗, 대체 누구한테 변명하는 거지?

기사에는 실제로 보이스 바에서 종업원과 사귀는 데 성공한 체험담과 그런 사례가 꽤 드물다는 것, 그리고 교제를 노리고서 가게에 가는 건 상책이 아니라는 지극히 당연한 내용이 적혀 있었다.

"뭐, 그렇게 잘 풀릴 리가 없지……."

보이즈 바에서 일하고 있다는 건 그만큼 여자를 다루는 데 익숙하다는 뜻. 분위기가 좋다고 여겼는데, 실은 상대는 전혀 관심이 없는 경우가 수두룩하다고 한다. 상상만 해도 무서워…….

기사를 다 읽고서 스마트폰을 닫았다. 기지개를 크게 켜고서 의자 등받이에 기대어 강의실 천장을 올려다봤다.

"역시 보이라서 다정했던 걸까……."

거기까지 생각하고서 나는 자리에서 벌떡 일어섰다.

역시 안 돼, 안 돼! 앉아서 생각하니 자꾸만 부정적인 쪽으로 생각이 쏠린다.

"가자! 그러고서 생각해!"

백문이 불여일견이라는 말도 있다. 여하튼 가보지 않으면 아무것도 알 수 없기에 나는 그 가게가 있는 장소까지 가보기로 했다. 나는 옛날부터 두뇌파가 아니라 행동파니까!

"그래서 기세만 앞세우며 오긴 했는데……."

그 가게가 있는 역 번화가. 밤의 초입에 해당하는 시간대라서 수많은 사람들로 북적거렸다. 오늘은 어디까지나 사전 조사. 가게 안에 들어갈 생각은 없다. 그, 그렇잖아? 장소를 먼저 알아두는 편이 좋을지도 모르고?

게다가 어쩌면…….

"만날 수 있을지도, 모르고……."

가능성이 희박하다는 건 알고 있다. 하지만 그날 만났듯이 거리에 있으면 그와 만날 확률이 올라갈 것이다. 틀림없이 그 가게에서 일하니까.

결심을 굳히고서 나는 앞으로 나아갔다. 스마트폰 지도에 따르면 그 가게는 이 번화가를 조금 나아가다 보면 나오는 골목 안에 있다고 한다.

앞으로 나아가니 주변에 있는 사람들의 층이 조금씩 바뀌어갔다. 역 근처에서는 학생이나 퇴근한 직장인들이 많았다. 그런데 이 골목에 들어서니 미성년자를 사양하는 그런 가게들로 바뀌었다.

주변을 두리번거리면서 스마트폰 지도가 안내해주는 대로 나아갔다. 현란한 장식. 밖에는 정장을 입은 여성이나 잘 꾸민 남성이 여기저기에 서있었다.

"누나, 보이즈 바 어때요?"

"에엥?! 아, 아뇨, 괜찮아요!"

갑자기 말 좀 걸지 말아줄래! 나는 그곳에서 도망치듯 종종걸음으로 골목을 나아갔다. 슬슬 가게가 보일 때가 됐다.

"있다…….."

골목에 들어서고서 의외로 금세 그 가게가 보였다. 휘황찬란한 네온 간판에는 『Festa』라고 적혀 있었다. 명함에 적혀 있던 상호와 일치했다.

가게 앞에 놓여 있는 입간판을 살펴봤다.

"……모, 모르겠어…….."

간판에는 시간당 요금? 같은 내용과 충전? 이라는 글자가 적혀 있었다. 사전에 조사하긴 했지만 그 정도로는 돈을 얼마나 써야 하는지, 어떤 시스템으로 돌아가는지는 알 수 없었다.

어, 노래방 같은 느낌? 30분당 요금을 지불하는 것 같은데…….

"어서 오세요! 저희 가게에 흥미가 있으신가요?"

"햐악?! 아, 아뇨, 그게 아니라…….."

입간판을 바라보며 굳어 있으니 갑자기 누군가가 말을 걸었다. 뒤를 돌아보니 눈에 익은 제복을 차려 입은 젊은 남자가 서있었다.

하지만 운명의 사람도, 요전에 명함을 줬던 사람도 아니라는 것만 알겠다.

"처음이신가요? 저희 가게는 가격이 그렇게 비싸지 않아서 충분히 즐기실 수 있을 거예요! 아, 뭣하면 제가 맨 먼저 옆에 앉아드릴 수도!"

"아, 으음…… 저기……."

히익, 무서워! 활짝 웃고 있긴 한데! 사람 좋게 생기긴 했는데! 왠지 먹잇감을 발견한 것 같은 느낌이 풍겨서 너무 무서워! 도와줘 코우미!

커뮤니케이션 능력에는 그럭저럭 자신이 있는 편이라고 여겼지만, 그 자신감은 개막한 지 5초 만에 산산이 부서졌습니다!

"흥미가 있다면 딱 한 시간만이라도. 환영해요!"

어떻게 대응할지 난감해하는 동안에 오빠가 거리를 점점 좁혔다. 어쩌지? 간판을 보고 있었으니 흥미가 없다는 말은 안 통할 테고…….

의지가 약한 미즈호 짱이 이대로 가게에 들어간다면…… 분명 지갑이 텅텅 빌 때까지 돈을 쓰게 될 거야! 그렇게 될 게 뻔해!

어떻게 거절하지……? 이제는 도망치는 수밖에…….

"……혹시, 미즈호?"

"……어?"

귀에 익은 목소리가 들렸다. 그건 요즘에 자주 듣는 아주 편안한 목소리이자…… 나를 고민케 하는, 고민의 씨앗이기도 한 목소리였다.

"마, 마사토……?"

내 친구 코우미가 마음에 둔 사람…… 카타사토 마사토가 평상시와 다름없는 사복 차림으로 어느새 뒤에 서있었다.

"미, 미안해……. 도와줘서 고마워."

"응응, 그보다 이상한 짓 안 당했어?"

"아니, 아니! 괜찮은데…… 가게 직원이랑 아는 사이였다니 깜짝 놀랐어."

마사토가 가게 직원과 대화를 나누고서 나를 풀어줬다. 아무래도 가게 직원과 아는 사이인 듯했다. 가게 직원이 뭐라고 말하려다가 마사토가 필사적으로 만류했는데 뭐지?

마사토와 함께 역 쪽으로 걸어갔다. 평상시였다면 말이 금세 나왔을 텐데, 지난번 일 때문인지 뭐라고 해야 좋을지 모르겠어…….

"근데 거기서 뭐 하고 있었어……?"

"어, 아…… 아, 아닌데?! 다음에 갈 미용실을 찾다가 저기, 잠깐, 길! 맞아, 길을 잘 못 들어서!"

마사토가 약간 염려하는 것 같은 시선으로 쳐다보자 나는 황급히 정정했다. 내가 그런 곳에 자주 간다고 오해할 거야!

"……난 상관없다고 생각하는데?"

"아―니―라―고! 오해니까 부드러운 눈빛으로 쳐다보지 마!"

"농담, 농담, 미안."

"……으! …… 아, 진짜 곤혹스럽네!"

그렇게 말하고서 웃는 마사토가 몹시 매력적이라서 무심코 눈길을 돌리고 말았다. 정말로 마사토는 틈만 나면 호감도를 올리려고 든다니까…… 곤혹스럽네!

"그나저나 마사토야말로 거기서 뭐 하고 있었어!"

"아― 난 저기, 우리 집에서 가까운 역이거든."

"그도 그런가……."

여기는 마사토가 귀가할 때 늘 내리는 역이다. 여기서 자취를 한다고 한다. 이렇게 위태로운 마사토가 자취를 하고 있다니 이 누나는 걱정이야!

그러는 동안에 역에 도착했다. 마사토는 반대쪽 출구에서 걸어서 돌아간다고 했다.

"정말로 바래다주지 않아도 괜찮아?"

"응! 괜찮아! 이후에 일정도 있고 말이야."

일정이 있는데도 개찰구까지 바래다주다니 마사토는 정말로 살뜰한 사람이다.

"아, 맞아."

"응?"

슬슬 개찰구에 보이는, 역 에스컬레이터에 먼저 오른 마사토가 이쪽을 돌아봤다.

"기운을 좀 차린 것 같아 안심했어. 코우미가 걱정했거든."

"……냐하하. 아이 참— 미즈호 짱은 늘 활기찬데, 괜한 걱정이거든?"

코우미의 이름을 듣고서 갑자기 죄책감이 솟았다. 우연히 역에서 만나버렸다고 이실직고하자.

"게다가…… 나도 걱정하고 있어."

"어?"

에스컬레이터가 개찰구가 있는 층에 도착했다.

"미즈호는 고민이 생겨도 남들 앞에서는 명랑하게 행동하잖아? 그래서 혼자서 끙끙 앓고 있지 않을까 싶어서……."

……그만해.

"그냥 내 생각이야. 알고 지낸 지 얼마 안 돼서 다 안다는 듯 말하기가 조심스럽지만…… 저기, 나도 미즈호의 명랑한 성격과 웃음을 보면서 늘 기운을 얻거든."

그만해.

더 이상—— 다정하게 대하지 마.

앞서 걷고 있는 마사토를 추월할 만한 속도로 걷다가 나는 필사적으로 호흡을 고르고서 힘껏 뒤를 돌아봤다.

"에, 에—헴! 대인기 미즈호 짱은 늘 그 정도는 명랑해야지! 마사톳치도 감사하도록 해! 이렇게 명랑한 미즈호 짱이 옆에 있으니 밤에도 조명 없이 살 수 있을 만큼 눈부시잖아!

그럼 내일 또 이 명랑함을 당신한테 보내드릴 테니…… 그럼 이만!”

“응, 내일 봐.”

마사토의 인사를 등으로 받으면서 나는 금세 개찰구를 통과했다.

왜일까? 눈에서 무언가가 넘쳐흐를 것만 같은 건.

왜일까? 기쁘면서도 괴로운 건.

“제발 이러지 마……. 왜, 왜 이러는 거야……!”

마사토의 시야에서 보이지 않는 곳까지 종종걸음으로 걸어갔다.

그러고서 나는 억누를 수 없는 감정을 토해냈다.

수십 초 동안 거친 숨을 내뱉은 뒤, 천천히 여러 번 심호흡을 했다. 비로소 마음이 가라앉았다.

“……가야 해. 그 가게로.”

──더 이상은, 버텨낼 수 없을지도 모르니까.

나는 이 감정과 결별하기 위해서 운명의 사람을 만나러 간다.

농구부 여중생은 쇼핑을 한다

유카와 농구를 하는 게 일과처럼 굳어버린 어느 날.

연습을 마치고서 가볍게 스트레칭을 하고 있으니 유카가 갑자기 쪼그려 앉았다.

"어라……."

"왜 그래?"

"아뇨, 신발 끈이 좀……."

가까이 다가가서 보니 유카의 신발 끈이 풀려 있었다. 그런데 나는 그보다도 더 신경이 쓰이는 게 있었다.

"상당히 해졌네, 유카의 신발……. 게다가 이거 농구화 아니지?"

"아, 저기…… 실내용만 갖고 있어서 야외에서는 그냥 운동화를 신는데……."

기본적으로 농구는 전용 슈즈를 신고서 하는 경우가 많은데, 그건 어디까지나 체육관에서 할 때 이야기다.

나와 유카가 연습하는 이 야외 코트에서는 실내용 농구화를 신지 않고, 운동화로 플레이하는 경우도 드물지는…… 않지만.

"되도록 야외용 농구화를 마련해두는 편이 좋을 거야."

"그런, 가요?"

"그래도 농구화를 신어야 부상 위험을 낮출 수 있으니까."

일반 운동화도 문제는 없지만, 역시나 발목과 무릎에 가해지는 부하를 고려했을 때 농구화를 신는 게 최선이다. 슬슬 공식전 이야기도 나오고 있고, 그게 아니더라도 한창 성장기인 소중한 여동생(자칭)이 만에 하나라도 부상을 당하지 않기를 바라므로 되도록 농구화를 신고서 플레이를 해줬으면 좋겠는데…….

신발 끈을 부지런히 다시 묶고 있는 유카를 봤다. 농구를 너무 잘해서 까먹기 십상인데, 이 아이는 아직 중학생이다. 수많은 가능성이 숨겨져 있는 시기. 이토록 중요한 시기이니 나와 연습을 하다가 부상을 입지 않도록 막아주고 싶다…….

"유카."

"예!"

유카가 즉각 대답했다. 이 쾌활한 대답도 그녀가 지닌 장점 중 하나다.

"농구화, 사러 갈까?"

"예에?!"

"역시 농구화를 새로 마련하는 게 좋을 것 같으니…… 다음 주에 가볼래?"

"아, 예!"

유카와 꽤 친해졌으니…… 이 정도는 괜찮겠지!

"이, 이거, 데, 데이트 맞죠……? 쇼핑 데이트 맞죠? 그런 거죠……? 오, 오빠랑, 데이트……!"

"……응? 유카, 왜 그래?"

"히잇! 아, 아무것도 아니에요!"

뭐라고 중얼거렸던 것 같은데…… 그리고 얼굴도 붉어진 듯하다. 잘못 봤나?

다음 주. 역에 병설된 쇼핑몰 한편에 자리한 스포츠 숍에 가기 위해, 나와 유카는 역에서 만나기로 했다.

약속 시간 10분 전에 역에 도착했다. 그런데 개찰구를 빠져나가니 이미 유카가 주변을 두리번거리고 있었다.

"유카, 좋은 아침. 벌써 왔어? 빠르네."

"앗, 오빠! 좋은 아침이에요! 조금 일찍 깨서……."

유카가 그 나이에 걸맞는 천진난만한 웃음을 에헤헤, 하고 지었다. 음— 귀여워. 정말로 이런 여동생이 있다면 틀림없이 애지중지했겠지…….

유카의 모습을 보다가 문득 깨달았다.

"그러고 보니 유카의 사복 차림은 처음 보는지도?"

"그, 그러네요……. 전 늘 운동복 차림이었으니까……."

그렇게 말하고서 조금 부끄럽게 웃던 유카가 팔을 살짝 벌리고 옷을 보여줬다.

"어, 어떤가요……?"

유카는 하얀 셔츠에 데님 오버올을 잘 차려 입었다. 품이 조금 넉넉해 보이는 오버올을 보니 어린애가 어른처럼 발돋움하려는 느낌이라서 귀여웠다. 평소 스포티한 인상을 품고 있었기에 오늘의 사복 차림이 더욱 여성스럽게 느껴졌다.

"응, 귀엽네. 아주 잘 어울려."

"고, 고맙, 습니다……."

요즘 중학생들은 다들 패션에 신경을 쓰는구나. 솔직히 대단하다는 감상밖에 안 나오네.

"귀, 귀엽대. 기쁘긴 하지만, 으음……!"

"유카?"

"히잇! 지금 가요!"

■

오빠와의 데이트 날이 다가왔습니다. 농구화를 산다는 목적이 있긴 하지만, 이건 어엿한 데이트……!

솔직히 너무 기대가 돼서 어제는 잠이 통 오지 않았습니다. 오늘도 절대로 늦잠을 자서는 안 되기에 알람을 일찍 설정해둔지라 30분 전에 약속 장소에 도착해버렸습니다.

약속 시간 10분 전에 오빠도 왔고, 그리고…….

"귀엽다고 말해줘서 기쁘긴 하지만……!"

되도록 예쁘다고 말해줬다면 최고였을 텐데…….

모처럼 찾아온 오빠와의 데이트. 오늘은 오빠가 조금이라도 여자로 인식할 수 있도록 최대한 어른스러운 복장을 골랐습니다.

하지만 지금부터가 시작. 오늘 하루를 이용하여 제대로 어필해야지!

마음을 다잡고서 나는 오빠의 등을 쫓았습니다.

“꽤 넓네요……!”

“농구 말고 다른 스포츠 용품도 파니까. 자, 농구 코너를 구경하러 가볼까!”

“예!”

쇼핑몰 3층. 에스컬레이터를 타고서 올라가니 바로 앞에 가기로 한 스포츠 숍이 있었습니다.

가게 안을 돌아다니니 다양한 스포츠 용품이 눈에 들어왔습니다. 나는 농구밖에 하지 않지만…… 오빠는 농구를 정식으로 배운 적이 거의 없다고 했습니다.

정식으로 배우지 않았는데 저 정도라니 대단하다…… 그런 감상은 일단 제쳐두고, 분명 오빠는 다른 스포츠를 하고 있는 거겠죠.

옆에서 오빠가 기뻐하며 주변을 둘러봤습니다.

“오빠는 온 적이 있군요?”

“뭐, 일단 있긴 해. 근데 거의 첫 방문이나 마찬가지야.”

리뉴얼 오픈이라도 했나……?

나는 오빠가 전에 했던 스포츠를 모릅니다. 그뿐만 아니라 나는 아직 오빠가 어떤 사람인지 전혀 모르니까, 이 기회를 활용하여 되도록 많은 것들을 알아가고 싶습니다.

조금 걸어가니 농구 코너가 보입니다. 안으로 들어가보니 벽을 따라 다양한 농구화가 진열되어 있습니다.

"유카는 발 사이즈가 어느 정도야?"

"으음, 농구화니 230정도?"

내 이야기를 들으면서 오빠가 농구화를 살펴봅니다. 그 눈빛은 진지합니다. 왠지 나를 굉장히 생각해주는 것 같아서 그것만으로도 마음이 기뻐집니다.

"이 부근인가……. 사이즈도 있을 것 같고, 메이커도 유명한 데가 많고."

"그러네요!"

다행히도 엄마한테 사정을 말하고서 돈을 받아냈다. 내가 직접 골라도 좋겠지만, 오빠와 연습할 때 주로 쓸 거라서 오빠가 골라줬으면 좋겠다, 헤헷…….

"오, 이거 내가 신는 거랑 디자인이 비슷하네."

"……앗! 정말인가요?!"

"아, 근데 내 건 실내용인데? 이 물색 라인이 멋져서."

오빠는 하얀색을 바탕으로 로고와 라인이 물색으로 되어 있는 농구화를 들고 있었습니다. 저도 그 신발을 봤을 때부터 마음에 걸렸는데.

"그럼 이걸로 할게요!"

"어, 벌써?"

"그게 좋아요! 한 번 신어보겠습니다!"

점원한테 부탁하여 신어봤습니다. 응. 사이즈도 좋은 느낌. 답답하지 않으면서도 움직이기 어려울 만큼 헐렁거리지도 않습니다.

"이걸로 할래요!"

"어, 어어? 유카가 마음에 들었다면 난 상관없지만……."

오빠와 똑같은 신발을 신을 수 있다니 이보다 기쁜 일은 없어요! 저 디자인이 가장 먼저 눈길을 끌기도 했기에 바로 결정했다.

"아, 그럼 유카. 여기서 다른 신발이나 용품을 구경하면서 기다려줘. 나도 사고 싶은 게 있거든."

"어? 알겠습니다!"

농구 용품이라면 나도 함께 구경하러 가고 싶은데…… 하고 생각했지만, 이미 오빠는 가버렸습니다. 그래서 일단 다른 신발도 살펴보면서 오빠를 기다렸습니다. 요즘에는 디자인이 귀여운 신발도 많이 나와서 구경하기만 해도 질리지가 않네요.

한동안 농구 코너를 둘러보고 있으니 오빠가 돌아왔습니다. ……오른손에 뭔가 봉투를 들고서.

"유카, 오래 기다렸지~. 자!"

"어?"

오빠가 건네준 봉투 속을 보니…… 아까 사기로 했던 신발이.

"어, 어어?! 아, 안 돼요. 엄마한테 말해서 신발 살 돈을 받아왔는데요?!"

"괜찮아, 괜찮아. 나도 평소에 유카한테 신세를 지고 있으니 감사의 마음이라고 생각해.”

“윽!”

오빠가 머리를 퐁퐁, 쓰다듬으니 말이 나오지 않습니다. 내게 말하지도 않고 신발을 사오다니. 몹시 기뻐서 무슨 말을 해야 할지 모르겠습니다, 여, 여하튼 감사를, 전해야 해!

“가, 감사합니다!”

“예, 천만에요. 앞으로도 많이 연습하자.”

“예!”

아아, 정말로 오빠한테 수많은 것들을 받기만 한다. 오빠를 힘껏 끌어안고 싶은 충동을 억누르고서 대신에 나는 선물로 받은 신발을 끌어안았다.

기뻐, 기뻐, 기뻐!

“그리도 좋아해주다니 다행이야.”

“예! 아주 아주 마음에 들어요!”

“그럼 시합 때도 열심히 뛰어야 한다?”

“……아! 예, 물론이에요!”

물론 이 신발의 디자인도 마음에 들었지만, 무엇보다도.

역시나 좋아하는 오빠가 선물해줬다는 사실이 무척 기쁘다.

……생글생글 미소를 지어주는 오빠를 본다.

소녀 만화 속 남주인공이 튀어나왔다고 해도 납득할 수 있을 만큼 시원스러운 웃음.

오늘은 어떻게든 여자로 의식하게 해보려고 분발했건만,

결국 선물만 받았다. 분명 오빠는 여전히 나를 『여동생』으로 인식하고 있겠지.

어떻게 해야 오빠는 나를 연애 대상으로 봐줄까.

어떻게 해야 옆에 섰을 때 잘 어울리는 여자가 될 수 있을까.

……아직 어려서 잘 모릅니다.

지금은 그저 머리를 쓰다듬어주는 이 손바닥을 기분 좋게 받아들일 뿐입니다.

츤데레 계열 오피스레이디는 비뚤어진다

토요일 밤의 감정은 복잡하다.

내일도 휴일이니 오늘은 밤을 샐 수 있겠다는 생각도 들고, 아아, 휴일이 하루 끝났구나, 라는 생각도 든다.

뭐, 기본적으로 나는 소중한 휴일을 자신을 위해 쓰고 싶어하는 유형이다.

"메구, 요즘에 어때~!"

"어~? 변함없는데? 근데 맞다~. 동거는 의외로 어렵구나 싶더라~."

"꺄~! 좋겠다, 좋겠다~. 나도 남친이랑 동거하고 싶어~."

"……."

오늘은 대학 시절에 사이가 좋았던 멤버의 권유로 조금 비싼 술집에서 저녁 겸 술모임을 하게 됐다.

나를 제외한 모두는 남친을 갖고 있어서…… 솔직히 주눅이 든다.

별로 오고 싶지 않았지만, 가장 친했던 마이라는 친구가 강하게 권해서 차마 거절하지 못했다.

식사를 하다가 술로 넘어간 지 벌써 한 시간쯤 지났다. 그런데 저마다 남친 이야기를 꺼내기 시작했다.

"어, 실제로는 어때? 동거하면…… 매일 해?"

"와. 너무 적나라한데. 근데 궁금해."

원래부터 노골적인 화제를 좋아했던 멤버들이었다. 당연

히 이쪽 이야기가 나올 수밖에.

"그런 얘기를 남 앞에서 하는 건 좀 그렇지 않아?"

"무슨 소리야! 세이라도 궁금하잖아? 너도 그런 얘기 좋아하면서."

"맞아, 맞아! 동거하는 녀석한테는 말할 의무가 있어! 리얼한 얘기를 들으러 왔으니까!"

하아…….

남의 밤일 이야기를 들어서 뭐 해……. 일단 남친의 얼굴을 봤다. 확실히 그럭저럭 잘 생기긴 했다.

뭐, 마사토가 훨씬 더 멋지지만.

친구들이 나누는 저속한 이야기를 흘려들으면서 나는 앞에 나온 안주를 입에 넣었다.

"세이라는? 요즘에 어때?"

"어? 나?"

어느새 내가 화제에 올랐다.

애들은 내가 전 남친…… 전 남친이라 말하는 것도 오싹하긴 하지만, 그가 저질렀던 짓과 헤어진 경위를 알고 있다.

그래서 더더욱 만나고 싶지 않았던 건데…….

"요즘에는, 꽤 즐거워."

"어! 뭐야, 남자?!"

"세이라, 남자 생겼어?! 사진 보여줘!!"

"……너희들 곧바로 남자라고 판단하지 마……. 뭐, 틀리지는 않았지만……."

술에 취해 얼굴이 붉어진 친구들이 덥석 달려들었다.

남의 연애사에 너무 관심이 많은 거 아냐…….

하는 수 없이 나는 요전에 데이트를 했을 때 찍었던 마사토의 사진을 보여줬다.

요전에 데이트를 했을 때, 식사를 마치고서 홍차를 마시던 마사토를 찍으려고 스마트폰을 들었더니 웃으면서 브이를 해줬다. 너무 귀여워. 천사.

"우와, 멋있어. 조각 미남이라기보다는 왠지 청량감이 느껴지는 미남이야."

"다정할 것 같아~. 좋겠네. 이런 사람을 어디서 알게 됐어?"

다들 마사토를 칭찬해주니 나도 우월감이 들었다.

그래. 당연하지, 당연해. 마사토는 멋지고 다정한 천사니까.

술기운도 돌아서 기분이 좋아진 나는 무심코 내뱉고 말았다.

"이 아이는 말이야. 바에서 일해. 매주 한 번. 그래서 출근한 날에 만나러 가."

"어……?"

"……바라면, 보이즈 바 같은 곳?"

"어? 맞아."

세 사람이 눈빛을 주고받고 있다. 뭐야? 내가 무슨 이상한 소리라도 했나?

"아, 저기, 세이라는 이 애랑 사귀고 있어?"

"아니. 아직 사귀지는 않아."

“그럼…… 세이라는 한 달에 애한테 얼마나 써?”

뭐야? 왠지 분위기가 이상해졌네.

돈 따윈 별 문제가 아니라고 생각하는데.

“돈……? 액수가 크진 않아. 매달 월급의 절반쯤?”

“월급의 절반?!”

뭐야, 왜 큰 소리를 내는 거야…….

아마도 매주 바에 가서 그렇겠지. 게다가 요전에 데이트를 했을 때 분발했고, 다음에 만나면 선물을 사줄 생각도 하고 있다.

마사토, 기뻐해주면 좋겠네…….

“세이라.”

“……뭐야?”

방금 전까지 즐거운 표정을 짓고 있던 마이가 돌연 진지한 표정으로 내 손을 잡았다.

다른 두 사람도 걱정하는 표정으로 이쪽을 보고 있었다.

“이 사람은 관두자. 내가 다음에 남친한테 부탁해서 미팅 열어줄 테니까 거기 와.”

“……어?”

미팅? 전혀 흥미 없어.

지금 마사토가 아닌 다른 남자한테 쓸 돈은 없다.

게다가 뭐? 관두라고?

“내 말이 야박하게 들리겠지만, 너 돈줄이 된 거야.”

“아~ 그건 걱정하지 마. 괜찮아. 마사토는 그런 애가 아냐. 매주 한 번만 출근하고, 나 말고는 단골이 없어. 그러니까 내가 돈을 내주지 않으면 안 돼.”

그래, 그래, 이해했어.

애들은 마사토가 다른 어중이떠중이랑 똑같다고 생각하는구나.

그런 걱정은 할 필요 없다. 마사토는 특별하다. 요전에 다른 가게에 가서 재확인했지. 마사토는 특별하다니까. 그 아이는 그런 사람이 아냐.

그러니까 난 괜찮아.

“세이라…….”

……그러니까 그런 표정은 짓지 말아줘.

“세이라, 역시 안 되겠어. 미팅에 꼭 와. 그리고 그 사람은 포기해. 널 위해서라도 제발.”

……날 위해서, 뭐?

내 안에서 분노가 부글부글 끓기 시작했다.

“날 위해서 뭐? 날 위한다면서 어째서 응원해주지 않는 거야?! 너희들이 뭘 알아?!”

“세이라…… 진정해.”

“농담하는 거 아냐! 내가 어떤 꼴을 당했는지 알잖아?! 아프고 괴로울 때 날 도와줬던 사람이 마사토야! 그 아이는 그런 애가 아냐! 왜 몰라주는 거야?!”

돈을 너무 많이 쓰는 게 아니냐고 마사토는 늘 걱정해준다.

다정한 말도 건네준다. 실은 그런 일을 하고 싶지 않을 것이다.

그래서 내가 조금이라도 보탬이 돼주고 싶어서 돈을 지불하는 건데 왜 안 된다는 거야?

"……괜한 걱정하지 마. 마사토는 그런 애가 아니니까. 지금 순조로워. 찬물을, 끼얹지 말아줬으면 좋겠어."

여전히 마이와 다른 두 사람은 슬픈 표정으로 이쪽을 보고 있었다.

그만.

그런 얼굴로, 보지 마……!

분명 날짜가 이미 바뀌었겠지.

술모임을 마치고 돌아가는 길, 나는 가로등이 켜진 밤길을 홀로 걸으면서 오늘 친구들이 했던 말을 떠올렸다.

『속고 있는 거야.』

『돈줄이 된 거야.』

『일이니까.』

──아냐.

아냐 아냐 아냐 아냐 아냐 아냐 아냐!!!

마사토는 그런 애가 아냐. 내가 누구보다 잘 알아.

다정한 아이. 웃음이 귀여워서 지켜주고 싶어지는 아이.

그 아이들이 입에 올릴 법한, 흔하디흔한 보이가 결단코 아냐. 요전에 갔던 가게에서 일하는 얄팍한 말이나 일삼는 보이가 아냐. 또한 제비처럼 여심을 농락하여 돈을 착취하는 아이도 아냐.

그건 내가 가장 잘 알고 있으니까.

나는 틀리지 않았어.

스마트폰을 열고서 SNS 어플을 탭했다.

아까 마사토한테 보냈던 메시지가 있었다.

《세이라》『친구랑 마시고 왔어.』

《세이라》『다음에 미팅에 와달래. 그다지 내키지는 않지만…….』

……괜찮아. 마사토는 꼭 만류해줄 거야.

제가 있잖아요? 하고 말해줄 거야.

SNS창의 배경으로 설정해둔 마사토의 사진을 넋을 잃고 바라보고 있으니 메시지에 읽음 표시가 떴다.

무심코 뒤로가기를 눌렀다.

분명 답장을 보낼 테니까.

"아……!"

메시지가, 왔다.

《마사토》『고생하셨어요! 재밌었나요?』

《마사토》『오~! 잘됐네요. 좋은 사람이 있을지도 몰라요!』

……왜?

왜 말려주지 않는 거야……?

좋은 사람 따윈, 없어…….

내게는 너밖에 없는데……?

마사토밖에, 없다고…….

스마트폰 화면에, 물방울이 뚝뚝 떨어졌다.

비는 내리지 않는다.

그것은 어쩔 도리가 없을 만큼 내 눈에서 흘러나오고 있었다.

금요일.

금요일만은 잔업하지 않겠다고 정했건만, 빌어먹을 상사 때문에 잔업을 했다.

진짜로 그 녀석만은 용서 못해…….

그런 사정도 있어서 나는 빠른 걸음으로 가게로 향하고 있었다.

이번 일주일은 찝찝한 기분으로 보냈다.

하지만 내 마음은 바뀌지 않는다. 내게는 마사토밖에 없다. 그 가게에서 마사토한테 돈을 지불하는 사람은 나밖에 없다.

그래서 한 가지 정한 게 있다.

사귀고 나서 친구들한테 보고하자.

지금은 아직 남친이 아니라서 걱정하는 거다. 그럼 교제한다면 문제없다. 그때는 친구들도 분명 축복해 주겠지.

그래서 나와 마사토는 다음 단계로 넘어가야만 한다.

동반 출근은 했으니…… 다음은 애프터? 마사토는 다정하니 분명 허락해줄 거야.

기분이 고양된다.

마사토와 조금 좋은 데서 밥을 먹고, 좋은 분위기를 조성하고, 용기를 조금 내서 집에 가지 않겠냐고 유혹해보고.

그리고 하룻밤을 함께 보낸다면 얼마나 근사하고…… 로맨틱할까?

그 미래에 도달하기 위해서라도 지금은 준비가 필요하다.

마사토와의 거리를 더 좁혀야만 한다.

가게에 도착했다.

시간이 꽤 늦어졌다. 이 시간에 마사토는 접수일을 보고 있을까?

바로 마사토와 만나도 괜찮도록 매무새를 고치고서 가게 문을 열었다.

"어서 오세요. 아가씨……. 아, 늘 감사합니다."

접수 담당은 마사토가 아니었다.

하지만 매주 방문하기에 부끄럽게도 내 얼굴이 보이들한테 널리 알려졌다.

"저~기……."

"마사토를 찾으시는 거죠?"

"아, 예. 그래요."

창피했지만 우월감도 살짝 들었다.

이 가게에서 마사토를 지명하는 사람은 오직 나뿐이라고 정해진 듯한——.

"죄송합니다. 마사토는 지금 접객 중이라서……. 다른 보이라도 괜찮으시다면 안내해드릴 수 있는데.”

　——어?

　마사토가, 접객 중?

　누구한테?

　나 말고, 누구한테?

　마사토를 기다리겠다는 명목으로 나는 일단 밖으로 나왔다.

　기분을 정리하는 데 시간이 필요했고, 이 가게에서 마사토가 아닌 다른 사람한테 접객을 받을 생각은 없다. 대화를 나누는 정도라면 괜찮지만, 접객을 받는 건 거부감이 들었다.

　마사토가 누군가를 접객하고 있다.

　나 때문이다.

　내가 늦게 와서.

　역시 어떻게든 핑계를 대고서 잔업을 거부한 뒤 곧장 왔어야 했다.

　다른 여자가 마사토한테 들러붙을 시간을 주고 말았다……!

　무심코 나는 발을 동동 굴렀다.

　이제 금요일에는 두 번 다시 잔업을 하지 않겠다. 꾀병이든 뭐든 동원해서 돌아가겠어.

　손목시계를 봤다.

　슬슬 괜찮을까?

　가게로 돌아가자.

걸어서 가게로 돌아갔다.

연장을 하지 않는 한 이제 끝났을 즈음이다. 괜찮다. 그냥 뜨내기손님일 거야, 분명.

오늘만, 우연히.

내가 마사토한테 돈을 더 많이 썼고, 애정도 듬뿍 받았다.

그러니까 괜찮다.

그렇게 스스로를 타이르고서 가게 앞으로 갔더니―.

때마침 마사토가 손님을 바래다주고 있었다.

그 시선 끝.

보고 말았다. 그 여자를.

나는 낯이 익었다.

알고 있다.

저 여자를 나는 알고 있다.

머리 모양은 다르지만 금세 알아봤다. 드러그 스토어에서 마사토한테 배려를 받았던 여자애……!

거뭇한 감정이 가슴 속에서 소용돌이쳤다.

보고서 알았다. 전에는 꾀죄죄한 여자라는 인상을 받았는데, 아니다.

쾌활하게 웃는, 트윈테일 소녀.

그녀를 바래다주면서 마사토도 웃고 있다.

아아. 마사토가, 웃고 있다.

감정의 양동이에서 무언가가 꿀럭꿀럭, 넘쳐흘렀다.

안 돼.

안 돼 안 돼 안 돼 안 돼!!!

절대로 안 돼!

거긴, 거긴 내——!!!

"그럼 또 봐. 마사토."

"응, 또 봐."

또?

나는 제자리에서 무릎에 손을 짚었다.

"우……욱……."

구역질이 났다.

아무리 생각해봐도 알겠다.

저쪽이, 더 잘 어울린다.

밝고 쾌활한 젊은 아이와 멋진 마사토.

두 사람이 대화를 나누는 모습이 눈부셔 보인다.

누가 봐도 나와 비교하면 저쪽이 더 잘 어울린다고 대답하겠지.

……그래도.

정했어.

손거울을 꺼낸 뒤 다시금 매무새를 가다듬었다.

안색이 지독하게 나쁘다. 하지만 이건 어쩔 수 없다.

포기할 수 없다. 아무리 더럽고 추악할지라도 나는 마사토뿐이라고 정했다고.

넘겨주지 않아.

넘겨주지않아넘겨주지않아넘겨주지않아넘겨주지않아.

나는 비틀비틀 걸어서, 아직 떠나가고 있는 소녀를 지켜
봐 주고 있는 마사토의 뒤에 섰다.

뭐라고—— 말을 걸지?

아아, 맞아.

뜬금없이 저 아이에 대해 부정적으로 말해서는 안 된다.

마사토한테도 사정이 있을지도 모르니까.

게다가 마사토한테 나쁜 인상을 줄지도 모른다.

오히려 칭찬을 해줘야겠지.

그러니까, 그래.

이렇게 말할까?

"귀여운 애네."

〈 세이라　　　　　　　🔍 📞 ☰

그럼 그 아이는 대학교 친구구나　23:34

읽음 23:51　네네! 몇 없는 친구예요ㅋㅋ 

오호, 친한가 보네　0:02

──── 보낸 메시지를 취소했습니다 ────
0:03

마사토는 그런 애가 타입이니?　0:04

읽음 0:15　그런 식으로 생각해본 적은 없어요! ㅋㅋ 

그래, 근데 귀엽네　0:21

읽음 0:39　세이라 씨도 그렇게 생각하는군요! 맞아요! 애교도 있고 

읽음 0:41　게다가 진짜 좋은 애예요

──── 보낸 메시지를 취소했습니다 ────
1:35

그렇구나　1:37

2:23

2:24

   　　Aa　　 

활달한 여대생은 발을 들인다

"부탁해!!"

나는 얼굴 앞에서 두 손을 짝, 모았다.

한순간 감았던 눈을 슬쩍 떴더니 난처해하는 친구의 얼굴이 보였다.

"아무리 미즈호의 부탁이라도 그건 힘들다니까……."

"엥~!! 왜~!! 제발 부탁하오~! 곤란한 일이 생기면 언제든지 말하라고 했잖아!"

"그, 그야 그렇지만, 그거랑 이건 별개 같은데……."

대학교 내 휴게실. 지금은 강의 시간이라서 대학교 안에 사람이 없나 싶을 만큼 조용했다.

공강이라서 한가한 나는 여기서 코우미와 시간을 보내다가, 그 사실을 밝혔다. 코우미는 나를 굉장히 위해주니 이 친구한테는 말해도 되겠지 싶어서.

운명의 사람이 근무하는 가게를 알아낸 것 같다고 말했다. 그리고 그 안에 발을 들이려면 용기가 꽤 필요하다는 것도.

"거길 혼자서 가는 건 무서워. 코우미~ 같이 가자~."

"……나 말고 다른 친구한테 권해보지?"

"이런 얘기는 코우미 말고는 못해~."

내 운명의 사람이 아마도 보이즈 바에서 일하고 있다고 어떻게 말해.

접객을 하는지, 아니면 뒤에서 일하는지는 모르겠지만……

제복 같은 옷을 입고 있었으니…….

그래서 오늘 가게에 가려고 생각했는데, 역시나 그런 가게는 처음이라서 무서웠다.

그래서 코우미한테 부탁해봤는데…….

"따라가 주고 싶은 마음은 있지만…… 저기…… 왠지, 마사토한테 미안해서…….'

"그렇구나…… 그렇겠지…….'

으─음, 그럼 다른 친구한테 부탁하든가 해야 하는데…… 차마 그러기가 어렵네.

"그보다도…… 괜찮겠어? 그 사람. 보이라서 다정하게 대해줬던 거 아냐……?'

"…….'

나는 말없이 탁자 위에 엎어졌다.

코우미의 걱정은 당연하다. 나도 그럴 가능성은 생각해봤으니까.

하지만.

나는 떠올렸다. 그때 건네줬던 말과 웃음을.

그게─.

"그게 연기나 거짓말이었던 것 같지는 않아…….'

"……그래? 미안. 의심해서.'

"아니. 코우미의 말이 맞을지도 몰라.'

우물쭈물 고민해봤자 달라질 건 없다.

나는 애당초 생각하는 머리 따윌 갖고 있지 않으니까.

행동으로 옮겨야 해!

나는 벌떡, 일어섰다.

"나 혼자서라도 갈게! 이대로 우물쭈물 고민하고 싶지 않은걸!"

"그래…… 미안, 미즈호."

"사과하지 마시길! 이것은 애당초 내게 부여된 시련이기에……."

만나서 뭐라고 말할지도, 애당초 만나서 그 사람인지 알아볼 수 있을지도 모르겠다.

하지만 행동으로 옮기지 않으면 아무것도 이룰 수 없어!

오른손을 높이 쳐들었다.

"간다~!! 자! 전장으로!!"

그 쳐든 오른손을 누가 덥석 붙잡았다.

어라?

"미즈호, 어디 싸우러 가?"

뒤를 돌아보니 그곳에는.

"마, 마사토, 좋은 아침~."

"응, 좋은 아침! 그래서? 미즈호, 어디 가? 전장이라니 무슨 얘기야?"

아차차차차차.

엉겁결에 재빨리 고개를 돌려 코우미한테 도움을 요청했다.

"왜, 왜 이쪽을 보는 거야?!"

안 돼! 사랑하는 소녀 상태에 빠진 코우미는 전력이 아냐!
혼자서 어떻게든 해야 해!!

"아, 저기~ 그 옛날 군사 제갈공명이 조조군 백만을 화공
으로 농락했잖아? 그때 바람이 불지 않는 기후임에도 제갈
량은 기도로 신풍(神風)을 일으킨 뒤 연환계로 배들을 한데
묶어두고서 불살라버렸는데―."

"응응. 적벽대전이구나. 왜 뜬금없이 중국 이야기?"

"아~ 저기. 우우우우, 우리 세 사람! 태어난 날은 다르지
만 같은 날에 죽기로 맹세하지 않겠는가!"

"웬 도원결의? 우리가 들고 있는 건 술잔이 아니라 페트
병인데?"

쓴웃음을 짓고 있는 코우미와 250ml짜리 페트병으로
건배!

크으~! 다정한 친구를 위해 건배!

"그렇기에 저는 전장으로 가야만 합니다!"

"그, 그렇구나……. 뭔지 잘 모르겠지만, 힘내……?"

조, 좋았어.

어떻게든 무마했네. 퍼펙트 커뮤니케이션.

경쾌한 효과음이 내 머릿속에서 울렸다.

강의가 끝나고.

우리는 셋이서 귀갓길에 올랐다.

타야 하는 전철이 다른 코우미와 가장 먼저 헤어졌고, 전

철 안에서 마사토와 잡담을 나누며 시간을 보냈다.

나란히 앉긴 했지만, 운명의 사람에게 집중하기로 한 뒤로는 마사토와 어느 정도 자연스럽게 대화를 나눌 수 있는 듯했다.

"어라, 그러고 보니 마사토는 늘 내리는 역에서 집까지 가까워?"

"음. 꽤 가까워. 걸어서 돌아갈 수 있는 거리야."

"그래, 그렇구나……. 그럼 전철이 폭풍우에 멈추면 묵게 해줘!"

이런 식으로 실없는 농담도 할 수 있을 만큼.

"좋아. 그때는 연락해줘."

"……괜찮다고?! 아니, 안 되잖아! 그건 거절해야지!"

"어, 어어? 왜? 미즈호는 집에 못 돌아가면 곤란하잖아."

"아, 아니, 그렇긴 하지만…… 저기, 좀 뭔가 거부감 없어? 남자잖아, 마사토?"

"응? ……그런데?"

아차. 이거 안 되겠네. 코우미 씨, 안 되겠습니다.

이 아이의 의식을 개혁하지 않으면 안 되겠네요~.

"저기 말이야. 남자가 그렇게 쉽사리 외간 여자를 집에 묵게 하면 안 됩니다!"

"뭐야? 그건 알고 있어. 그래서 미즈호라서 괜찮다고 말한 거잖아. 아무나 묵게 해주지 않아."

"……."

마사토는 치사하다. 태연하게 이런 말을 한다.

분명 마사토와 친분을 쌓은 지 상당히 지나긴 했지만…….

그런 소리를 듣는다면 기회가 있나? 하고 생각한다구.

"그, 그런 말은 코우미한테 해줘~. 그 아이, 아마도 날아가 버릴걸?"

"응? 왜 거기서 코우미 애기가 나와?"

이 둔탱이!

코우미와의 우정과 운명의 사람이 없었다면 위험했다.

언젠가 전철이 멈췄으니 재워달라고 거짓말을 했을지도.

그런 대화를 나누는 동안에 전철이 역에 도착했다.

나는 마사토와 함께 전철에서 내렸다.

"……어라? 미즈호, 환승해야하는 거 아니었어?"

"아, 아~! 오늘은 좀 약속이 있어서. 저기! 요전에 말했던 미용실에, 가봐야 하거든!"

"그렇구나……? 그럼 난 이쪽이야. 또 봐."

"으, 응! 바이바이!"

……수상쩍게 여겼을까?

개찰구를 나가는 마사토의 모습을 지켜보고서 나는 역 찻집에 들어갔다.

아이스 카페오레를 한 잔 주문하고서 나는 자리에 앉았다.

"휴우…… 자, 그럼."

지갑에서 명함 하나를 꺼냈다.

야경이 찍힌 배경에 와인 글라스 하나.

현란한 명함에는 알파벳 필기체로 그 상호가 적혀 있다.

『Festa』……라.

저번에 사전 조사를 해서 위치는 알고 있다. 다만 지금은 오후.

밤까지 시간을 보낼 필요가 있었다.

"아, 아이스 카페오레 한 잔만 시키고서 죽치고 있으면 뭐라고 하려나……."

점원과 주변 사람들을 의식하면서 나는 카페오레 빨대에 조용히 입을 댔다.

18시 반쯤 됐다.

시계 바늘이 움직이고, 밤이 가까워질수록 내 심장은 빠르게 뛰었다.

보이즈 바 따윈 물론 처음이다. 인터넷에서 여러모로 검색하여 매너, 규칙, 해서는 안 되는 짓 등을 조사했다.

지명이라는 시스템이 있다고 하는데, 어쩌지……. 설마「대학생을 붙여주세요」하고 부탁할 수는 없겠지……?

일단 누구든 좋으니 옆에 앉힌 뒤 그 사람한테서 물어보는 게 최선?

그런데 왠지 모르게 보이즈 바에 놀러가는 것 자체에 죄책감이…….

그때 불현듯 떠올랐다.

──죄책감.

대체 나는 누구에 대해 죄책감을 느끼고 있는 거지?

운명의 사람?

아니면——.

나는 고개를 붕붕, 가로저었다.

지금은 쓸데없는 생각은 하지 말자.

이 감정에 제동을 걸기 위해서 오늘 여기에 온 거니까.

한참 전에 다 마신 카페오레 용기를 반환구에 돌려주고서 찻집을 나왔다.

거리는 이미 어둑해졌다. 오가는 사람들도 아까 전보다 상당히 늘어난 듯했다.

"저 앞에서 모퉁이를 꺾으면……."

기억에 의지하여 가게로 향했다.

골목 모퉁이를 꺾으니 가게 간판이 눈에 들어왔다.

『Festa』…… 저기다. 눈부실 만큼 반짝이는 저 간판.

"스—읍…… 휴우—."

심호흡을 크게 했다.

이건 사리사욕 때문이 아니라…… 응? 그래도 운명의 사람과 만나고 싶어서 왔으니 결국 사리사욕?

뭐, 됐어!

문 앞에는 아무도 없었다.

나는 쭈뼛쭈뼛 그 문을 열었다.

괜찮아! 도, 돈도 제법 인출해왔고! 오늘만! 딱 오늘만이니까!

가게 안으로 발을 들였다.

휘황찬란한 외장처럼 내장도 반짝거릴 줄 알았는데 그렇지도 않았다. 가게 내부 분위기는 차분했다.

다만 역시나 밤을 이미지한 가게인지 어둑한 실내에 조명이 어슴푸레하게 켜져 있어서 성인의 공간을 연출하고 있었다.

내가 우두커니 서있으니 가게 점원이 알아채고서 다가왔다.

"어서 오세요, 아가……씨……."

"어……?"

고급스러운 짙은 남색 연미복. 안에는 검은 베스트를 받쳐 입었다.

가슴에는 순백의 포켓 스퀘어를 꽂아서 강조를 줬다.

그리고 살짝 곱슬거리는 검은 머리.

나는 이 머리 모양을 평소에 익히 봐왔다.

"마사, 토……?"

나를 고민케 하는 남자…… 카타사토 마사토가.

멋진 옷을 입고서 그곳에 서있었다.

마사토한테 보이즈 바에 왔음을 들켰다.

마사토가 보이즈 바에서 일하고 있었다.

두 가지 사실이 내 머릿속에서 빙글빙글 맴돌았다.

사고가 정리되지 않았다.

가만히 선 채로 몇 초가 지났지?

“······!”

나는 무심코 몸을 돌렸다.

왜? 왜 이리도 괴롭지?

내가 보이즈 바에 왔다는 사실을 마사토한테 들켰고, 그 마사토는 보이즈 바에서 일하고 있었다. 왜 이리도 감정이 어지러이 뒤얽히는 거야?

평소처럼 웃으면서 명랑하게「놀러 왔어!」하고 말하면 그만인데.「마사토, 이런 데서 일해?!」하고 말하면 그만인데.

오해를 사고 싶지 않았다.

그와 동시에 여기서 마사토가 일하고 있다는 사실에 상처를 입었다.

이제, 뭐가 뭔지 모르겠다.

엉망진창이다.

“잠깐! 미즈호!!”

마사토가 돌아가려는 내 왼손을 붙잡았다.

뒤를 돌아보고 싶지 않다.

지금 분명 얼굴 꼴이 지독할 테니까.

“미즈호, 잠깐······ 대화······ 대화 좀 할래?”

휘황찬란한 실내 한편.

나와 마사토는 동그란 탁자를 사이에 두고 둘이서 앉아 있었다.

“으~음······ 마사토의 은인? 이 여기 오너라서 빚을 갚으려고 근무하고 있다…… 이 말이야?”

“그렇, 지. 근데 뭐, 딱히 강제로 시킨 건 아니고, 나도 호기심이 일었다고 해야 할까…… 그런 느낌입니다.”

“그……렇구나……. 그래서 지난번에도 이 근처에 있었구나.”

“뭐, 그런 셈이지…….”

마사토가 가져다준 오렌지 주스에 꽂힌 빨대를 가볍게 한 번 빨아들였다.

얼음이 달그락거렸다.

“한 주에 딱 한 번뿐이지만. 여기서 일하고 있어서 대학교에 다닐 수 있다고 해야 할까……. 뭐, 그런 느낌?”

“그렇, 구나…… 전혀 몰랐어.”

친해졌다고 생각했지만 마사토에 대해 전혀 몰랐다.

그런 사정이 있었다니.

어째선지 조금 안심이 되기도 했다.

“미즈호는? 왜 여기에?”

“저기 말이야…….”

나는 떠듬떠듬 말하기 시작했다.

운명의 사람이 여기서 일하고 있는 것 같다는 사실.

그 정보를 얻고 싶어서 이곳에 왔다는 사실.

말을 하고 있으니 저도 모르게 몸이 뜨거워졌다.

……어째서일까?

이야기를 하면서 역시나 이 사람한테는 오해를 사고 싶지 않다는 생각이 강하게 들었다.

"그랬구나…… 근데 애당초 난 한 주에 한 번밖에 근무하지 않아서 종업원들을 다 파악하고 있진 않아."

"그래, 그야 모를 수밖에 없겠네……."

"아, 그래도 다른 사람이라면 알지도 모르니 협력은 할게!"

"어, 진짜?"

"응, 그 대신에 말인데……."

마사토가 주변을 두리번거리고서 몸을 이쪽으로 쓱, 내밀었다.

평소와 분위기가 달라서 무심코 두근거렸다. 가뜩이나 멋지게 생긴 사람이 멋진 의복까지 차려입었으니 두근거리지 말라는 게 더 이상하다.

조금 어른스러운 분위기를 풍기는 마사토를 보니 머리가 어질어질…….

"이 사실을, 코우미한테는 비밀로 해주지 않을래?"

"어……?"

"코우미는 걱정이 많아서 내가 이런 일을 하고 있다는 걸 안다면 굉장히 화를 내지 않겠어……? 코우미는 화가 나면 무섭다고~. 미즈호도 잘 알잖아?"

분명 코우미는 마사토만 얽히면 시야가 좁아지는 경향이 있다.

하, 하지만 코우미한테 비밀로 감추는 건 좀…… 켕긴다고 해야 할까…….

"제발! 운명의 사람을 찾는 걸 성실히 도울게."

"……."

마사토의 모습을 위아래로 훑어봤다.

정말로 멋지고 다정하고…… 근사한 남자.

코우미가, 좋아하는 사람.

코우미는 나를 믿고서 소개해줬는데.

그런데 나와 마사토, 단둘만의 비밀……?

순간 등골이 오싹해졌다.

안 돼.

이거 중독돼서는 안 되는, 그런 감각이야…….

"……좋아."

입이 멋대로 움직였다.

"진짜?! 다행이다……! 대학 생활을 평온하게 유지할 수 있겠어! 미즈호, 고마워!"

마사토가 웃으면서 손을 쥐었다.

심장 고동이 멈추지 않는다.

안 되는데.

이래서는 절대로 안 되는데.

지금 마사토를 보고서 나는 굉장히 두근거린다.

마치 내 것이 아닌 것처럼 뛰고 있는 심장 고동이 시끄러웠다.

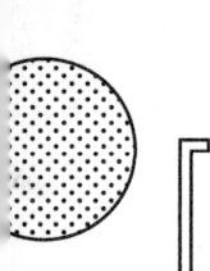
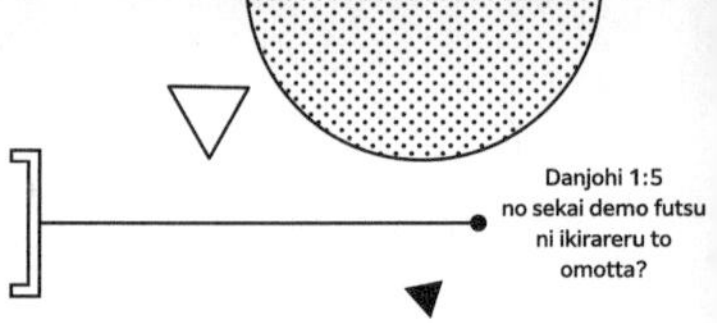

[변화를 바라는 그녀들]

문학소녀 여고생은 사진을 찍고 싶다

"슬슬 나와 왕자님의 관계를 제2단계로 진행시켜야 한다고 생각해."

내 목소리가 교실 안에 울렸다.

지금은 4교시 수업이 끝나고 점심시간.

저마다 책상을 옮기고 붙여서 여러 그룹으로 나뉘어 점심을 먹고 있었다.

얼마 전까지는 혼자 책상에서 도시락을 먹었는데, 요즘에는 친해진 멤버들이 자연스럽게 내 주변으로 모여들게 됐다.

이것도 달가운 변화 중 하나라고 생각한다.

……하지만.

"그나저나 어제 드라마 봤어?"

"아~ 엔노스케 님 때문에 봤어. 여전히 너무 꽃미남이야."

"저기, 애들아~."

이 녀석들아, 내 말 좀 들어!

날 뭐로 보는 거야!

"……뭐?"

"뭐냐니?? 큰 소리로 선언했잖아???"

못 들었나? 이 녀석들한테만 귀파기 ASMR을 해줘버릴까?

“하아…… 또 시오리의 망상 얘기야?”

“망상왕자님(웃음).”

비웃듯 그렇게 내뱉은 사람은 머리카락이 짧아서 가장 보이시한 하츠미였다.

이 녀석은 아직도 마사토 님을 믿지 않는다.

이 패배자!! 현실을 받아들여!!

뭐, 별수 없나? 얼마나 분하겠어. 그 마음 알아, 알아.

나는 자애로운 눈빛으로 하츠미를 쳐다보면서 어깨를 툭툭, 두드려줬다.

“분한 마음은 다 알아. 하지만 그만 받아들이지?”

“난 시오리가 투샷을 찍어올 때까지는 믿지 않기로 했어.”

“끙…….”

실은 전부터 들었던 얘기다.

믿어주길 원한다면 증거를 갖고 오라고.

근데 딱히 투샷이 아니어도 되잖아?!

“그래도 그 시오리가 어떤 옷이 좋겠느냐고 우리한테 물어보기까지 했잖아? 지금도 그야말로 청초녀(웃음)인 척 꾸미기 위해 머리를 내리고서 순백의 스웨터까지 입었고.”

“속에는 불순한 것들로 꽉 차있는데 말이야.”

“이봐, 거기 쓸데없는 소리 하지 마.”

아무리 봐도 순백이 잘 어울리는 청초 순결녀잖아!

“게다가 요즘 여고생(웃음)인 척 꾸미려고, SNS 사기 전략까지 벌이고 있고 말이야.”

"그거 진짜 웃겨. 역시 너무 징그러워."

"너, 가을에는 동면 준비만 하잖아?"

"너, 진짜로 맞고 싶니?"

내가 무슨 곰이야~??

"그러니까 뭐 있기는 있는 거 아냐? 시오리가 들려줬던 완벽 초인인지 아닌지는 제쳐두고."

우리들 중에 유일하게 남친을 보유한 미아키가 담담하게 말했다.

축구부 남자랑 꼭 붙어 지낸다. 용납 못 해.

"문화제 같은 행사에 데려와줬으면 좋겠네. 그렇게까지 말한다면."

"아~ 맞아."

문화제…… 문화제라.

작년에는 하나도 즐겁지 않았던 기억이 있지만, 친구가 조금 생겼으니 즐길 수 있을지도 모르겠다.

하지만 마사토 님을 부른다면…….

『시오리의 왕자님, 안뇽 안뇽! 이 녀석, 하나도 청초하지 않아요ㅋㅋㅋ』

『이 녀석은 포스터에 대고서 좋앙 좋앙, 하고 사랑을 속삭이는 문학소녀(웃음)거든요』

『아, 차라리 제 가정교사가 되어 주실래요?』

아~ 난리가 날 것 같아~.

안 돼. 이 녀석들한테 소개했다가는 변변치 않은 일이 벌어질 것 같아.

그건 그렇고, 마사토 님이 학교 행사에 와주는 건 괜찮을 것 같기도 하다.

마사토 님과 학교를 거닌다……. 엄청난 우월감.

역시 저 녀석들한테 들키지 않고 어떻게든 몰래 초대하는 수밖에 없나…….

"뭐, 시오리는 새가슴이라서 투샷은 꿈 너머 꿈이려나?"

"그, 그렇게까지 말한다면 사진을 찍어 오겠어요! 진짜 초절 미남이거든."

"오, 기대돼~."

"그렇게 단언했으니 못 찍었다는 말은 하지 않기야~."

이, 이 녀석들…… 스마트폰을 쳐다보며 노골적으로 기대하지 않는다는 투로 말하다니…… 일깨워줘야만 할 것 같네……. 누가 더 위인지 말이야……!

뭐, 마사토 님과 나의 마음의 거리를 생각해본다면 사진을 찍는 건 별것도 아니다.

단연코 말하자면 여유롭다.

다음 주 초에 이 녀석들이 분통을 터뜨리는 모습이 눈에 선하다.

이번 주말에 당장 결행하자!

……그렇게 생각했던 시기가 제게도 있었습니다.

"시오리 짱? 왜 그래? 아까부터 안절부절못하는데……."

"아, 아뇨 아뇨 아뇨 아뇨! 아무것도 아니에요!"

벌써 18시가 다 되어 간다.

오늘 마사토 씨의 수업도 막바지에 다다랐다.

지금껏 사진을 찍지 못했다.

사진은커녕 시도 때도 없이 스마트폰을 꺼내 자기 얼굴을 확인하는 이상한 녀석처럼 비쳤을까 봐 두렵다.

일전에…… 마사토 님을 스카우트로부터 도와준 이후로 청초함을 연기하는 게 약간 힘들어졌다.

이유가 뭔지는…… 안다.

절대로 용납할 수 없는데도 마음 한편에서 본연의 모습으로 대화를 나눠보고 싶어 하는 욕구가 있으니까.

그래도 안 된다. 이 가면을 벗었다가는 분명 마사토 님은 더는 와주지 않겠지.

어디에나 있는 평범한 여고생은 마사토 님과 어울리지 않는다.

게다가 지금도 본연의 모습이 아니기에 마사토 님과 태연하게 대화를 나눌 수 있는 거니까.

……근데 그럼 난 마사토 님과 어떻게 되고 싶은 거지?

사귀고 싶다? 그야 그렇지. 사귀고서 여러 일들(의미심장)을 할 수 있다면 얼마나 근사할까.

그래도…… 언제까지 이 가면을 계속 쓰고 있어야 하는 거지?

설령 사귀더라도 마사토 님이 좋아해준 사람은 나이면서

도 내가 아니다. 본모습을 평생 숨긴 채로 교제해야 하는 걸까?

"좋아, 오늘은 여기까지 할까! 꽤 열심히 했으니까!"

"어…… 아, 그래도 조금 남았는데……."

"여긴 숙제로! 피곤한 상태에서 억지로 공부해봤자 능률이 안 나니까."

아차…… 내가 잠깐 손을 멈춰서, 마사토 님이 배려해줬나 보다. 당신과의 교제를 망상하느라 손을 멈췄습니다, 하고 말할 수 있을 리는 없다.

정말로 한없이 다정하고…… 배려심이 깊은 사람이다.

그래서 역시나…… 역시나 이 찬스를 헛되이 하고 싶지 않다.

그렇게 생각하면서 나와 마사토 님은 필기도구들을 정리했다. 그리고 나는 마사토 님을 현관까지 바래다주고자 계단을 내려갔다.

"다음은 모의고사네. 열심히 해야 한다?"

"무, 물론이에요. 자신 있으니까!"

이건 정말이다. 마사토 님이 공부를 잘 가르쳐줘서…… 내용이 머릿속에 쏙쏙 들어왔다.

"그럼 난 이만 돌아갈게. 고생했어!"

"……오늘도 감사했습니다. 그럼 또…… 앗!"

우아하게 인사한 순간, 나는 깨달았다.

아차! 사진!

친구들한테 그토록 호언장담을 했는데 아직 사진을 찍지 못했어!

아까 찬스가 있었지만, 나는 겁쟁이라서 말하지 못했다.

"……왜 그래?"

"저기…… 으음…….”

대놓고 사진을 찍어주세요! 하고 말할 수 없다. 가면을 쓰고 있지만 내 정체는 어차피 마을사람B. 뻔뻔스럽게 요구하지 못한다.

제, 젠장~ 뭐라고 해야 하지?

지난번에 최고의 보이스 메시지를 받았을 때에는 채팅이었기에 어떻게든 부탁했지만…….

면전에서 부탁하려니 창피해!

스마트폰을 들고 있는 손을 이리저리 흔들었다.

아하하~ 하고 의미를 알 수 없는 말밖에 나오지 않았다.

대체 뭐라고 해야…….

"저기, 시오리 짱."

"호엥?"

방금 전까지 귀가하려고 문손잡이에 손을 댔던 마사토 님이 이리로 돌아왔다.

잠, 잠깐 존안이 너무 가깝사와요…….

"사진, 찍지 않을래?"

"어……?"

"아니, 내 보호자 같은 사람이 어떤 아이를 가르치는지 물어보셨거든. 혹시 괜찮으면 함께 사진을 찍어주지 않을래?”

“……아, 예, 꼭! 괜찮아요!”

“음…… 다행이야.”

어, 어어어?! 이, 이런 기적이 벌어지다니??

다, 다행이야. 어떻게든 미션을 클리어할 수 있을 것 같아. 이 기회를 주신 신께 감사를.

마사토 님이 스마트폰을 꺼냈다.

“그럼 찍을 테니 이리로 와.”

“예…… 아앗?!”

시키는 대로 마사토 님이 있는 쪽으로 다가갔다.

그러자 마사토 님은 내 어깨에 팔을 두르고는 내 얼굴 옆에 본인의 얼굴을 가까이 댔다.

가가가가가가가가가가까워 가까워 가까워 가까워!!

“자, 찍을게~. 자, 치즈.”

“앗……!”

“자, 고마워! 혹시 모르니 시오리 짱한테도 보내둘게. 그럼 다음 주에 또 보자!”

콰앙.

마사토 님이 문을 닫고 나갔다.

“~~~으~~~~!”

늘 그렇다.

저 사람은 금세 내가 해주길 바라는 걸 들어주고서 산뜻하게 돌아간다.

마치 이야기 속 왕자님처럼.

주도권은 늘 저쪽이 갖고 있다.

마사토 님이 떠나간 현관.

심장이 두근거리는 소리가 아직도 이어지고 있다.

얼굴 표면도 분명 뜨거울 테지.

왠지―― 분해서.

숨을 스읍, 들이마셨다.

"언젠가 기필코 자빠뜨리고 말 거야아아!!!!"

그리고 의미를 알 수 없는 의지표명만을 했다.

문학소녀 여고생이 숨기는 것

오늘은 토요일. 평소처럼 가정교사로서 시오리 짱을 가르치기 위해 나는 오후 이 시간에 전철을 탔다.

시오리 짱한테 슬슬 도착한다고 연락하는 김에 SNS로 다른 사람한테도 연락을 해뒀다. 그때 불현듯 미즈호의 이름이 눈에 띄었고, 저번에 미즈호와 보이즈 바에서 맞닥뜨렸던 일이 떠올랐다.

역시 당황하긴 했지만, 미즈호가 비밀로 하기로 약속해줘서 다행이다. 대학 생활을 평안히 유지할 수 있게 됐다……. 보이즈 바에서 일하는 위험한 녀석이라는 소문이 퍼진다면 불상사가 벌어질 것 같으니까…….

그나저나 미즈호의 운명의 사람은 누구지? 우리 바에서 일하는 사람들은 올백 머리를 하지 않는데……. 되도록 도와주고 싶지만, 정보가 워낙 적다. 다른 보이와 사적으로 얽힐 기회가 거의 없고, 그 사람들은 기본적으로 스스로를 잘 꾸며서 몇 살인지 모르겠단 말이지…….

그대로 흔들리는 전철을 타고서 10분쯤 나아가니 시오리 짱의 집에서 가까운 역에 도착했다. 전철을 나와 하늘을 올려다보니 구름 한 점 없는 푸르른 하늘이 펼쳐져 있었다. 이미 초여름. 햇빛이 살을 바작바작 태웠다.

여고생의 가정교사를 맡아달라는 부탁을 받았을 때는 솔

직히 걱정스러웠지만, 현재는 문제없이 진행되고 있다.

시오리 짱의 학력은 순조롭게 오르고 있고, 관계도 양호하다. 가정교사로서 시오리 짱의 집에 벌써 열 번 넘게 갔다고 생각하니 감개가 무량하다.

역에서 시오리 짱의 집으로 가는 동안에 머릿속으로 오늘 해야 할 일을 확인했다.

숙제 확인, 답안 맞추기…… 학교 시험지를 돌려받았다고 했으니 복습도 해두고 싶네.

생각하면서 걷고 있으니 요전에 모델 스카우트에 얽혔던 곳을 지나쳤다. 그러고 보니 그때 시오리 짱의 언동이 재밌었지.

『이, 이봐, 아주 세상 무서운 줄 모르는구만? 거기 계시는 분이 누구라 생각하는 거냐!』

"……큭큭."

실례이긴 하지만 지금 떠올려봐도 무심코 웃음이 나온다. 평소에는 그리도 얌전한 아이가 나를 돕기 위해서였다고는 해도 영문을 알 수 없는 캐릭터로 필사적으로 애를 써줬으니까. 그 마음은 기뻤고, 결과적으로 그 사건 때문에 시오리 짱과 신뢰를 조금은 쌓은 것 같기도 했다.

웃음을 어떻게든 참으며…… 조금 생각해봤다.

그때 그녀한테도 전했지만, 왠지 그녀와의 사이에서 벽이 느껴지는 것 같았다. 벽이라고 해야 할까, 뭔가 숨기고 있는 것 같은데…… 물론 사람이니 숨기고 싶은 게 한두 가지는 있어도 이상하지 않다. 하지만 시오리 짱의 비밀은 뭐라고 해야 할까…… 보다 본질적이라서 진정한 자신의 모습을 보여주지 않은 것 같기도 했다.

이 세계는 남녀비가 이상하다. 이성인 나를 대하면서 조금이라도 좋은 모습을 보여주고 싶다는 의욕을 과하게 품었는지도 모르겠다.

그런 생각들을 하면서 시오리 짱의 집 앞에 도착했다.

"뭐, 초조해할 일은 아닌가."

도움을 받았을 때 여러 얼굴을 보고 싶다고 전했더니 생각해 보겠다고 말해줬으니까. 느긋하게 기다리도록 할까. 그렇게 성급하게 거리를 좁힐 필요도 없다.

가정교사로서 조금씩 신뢰를 쌓아나가면 된다. 적어도 수험이 끝날 때까지는 기다릴 작정이고.

그래서 오늘도 해야 할 일을 완수하기 위해 멋들어진 집의 인터폰을 눌렀다.

"안녕하세요, 마사토 님. 오늘도 잘 부탁드리겠습니다."

"안녕, 시오리 짱. 오늘도 잘 부탁할게~."

시오리 짱의 방에 들어가니 그녀가 평소처럼 아가씨 모드로 나를 맞이해줬다.

"꽤 더워졌네. 역에서 여기까지 걸어왔을 뿐인데 땀이 다

났어.”

“이제 여름이니까요. 괜찮으시다면 수건을 빌려드릴까요?”

“아니, 바디 시트로 닦았으니 괜찮아. 고마워.”

이 나이대의 여자애를 상대하려면 그런 케어 아이템은 필수거든. 거부감을 갖기라도 하면 끝장이니까……. 내 생활을 지탱해주는 이 가정교사 자리에서 잘릴 수는 없어!

“그런가요……. 아, 혹시 괜찮으시다면 욕실도 빌려드릴 수 있으니 언제든 말씀해 주세요?”

“응……? 고마워, 근데 괜찮은데?”

“그런가요? 사양하실 필요 전혀 없는데요? 가정교사 일을 마친 후라도 괜찮거든요? 아, 우리 집 욕조는 제법 넓어요. 마사토 님이 다리를 쭉 뻗을 수 있을 만큼 넓어요.”

“그, 그렇구나. 그럼 다음에 기회가 생기면 부탁할까……?”

어, 왠지 욕조에 들어가라고 엄청 등을 떠미는데?

“대단해! 전 과목 점수가 지난번 테스트보다 올랐잖아!”

“예. 이 모두 마사토 님이 훌륭히 지도해주신 덕분이에요. 감사합니다.”

“아냐, 아냐! 그냥 시오리 짱이 열심히 애쓴 덕분이지!”

숙제 확인을 마치고서 나는 시오리 짱의 시험지를 확인했다. 지난번 점수를 알고 있기에 이렇게 점수가 오른 걸 보니 기뻤다. 시오리 짱은 내 덕분이라고 했지만, 매주 한 번만 가르쳤을 뿐인데 점수가 오를 리는 없겠지. 이 결과는 그녀가 평소에도 열심히 노력했다는 증거겠지.

"우와— 기쁘네. 이 상태로 성적이 올라가면 추천도 노릴 수 있을지도 모르니 열심히 해봐."

"예, 앞으로도 지도 편달을 부탁드리겠습니다."

시오리 짱이 공손히 고개를 숙였다. 행동거지가 굉장히 정중하고 우아해서…… 기가 죽을 것 같아.

그나저나 기쁘네. 아, 맞아.

"시험 결과가 이토록 좋으니 뭔가 상을 주고 싶은데…….."

"……아?!"

역시 노력한 만큼 어떤 보상을 해주는 편이 좋을 것 같아.

동기부여는 중요하니…… 역 앞에서 단것이라도 사주면 되려나?

"시오리 짱은 뭐가 좋겠어?"

"아?! 뭐, 뭐가 좋다니요……? 으음, 저기…… 어디까지 괜찮을까요……?"

응? 어디까지? 아, 혹시 가격이 걱정되나? 그렇게 신경 쓸 필요 없는데. 일단 가정교사와 바 알바로 일하면서 대학생답지 않은 액수를 벌고 있다. 물론 장학금을 상환한다는 목표가 있긴 하지만, 사치도 부리지 않아서 지금은 여유가 있다. 요전에도 유카한테 농구화를 사줬을 정도니까.

그러니까, 그렇지.

"너무 신경 쓰지 마. 뭐든지 좋은데?"

"뭐, 뭐든지?!"

우와, 깜짝이야. 시오리 짱의 입에서 엄청난 목소리가 나왔어. 게다가 방금 전까지 앉아 있던 의자에서 일어섰다.

그, 그리도 갖고 싶은 게 있나……?

"바, 방금 뭐든지 좋다고 하셨죠……?"

"으, 응. 원하는 걸 말해도 되는데…….

"워, 원하는 걸 말해도 된다……?!"

시오리 짱의 얼굴이 점점 빨갛게 물들어갔다. 어, 뭐지? 먹고 싶은 음식을 말하는 게 그리도 창피한가…….

어째선지 시오리 짱이 숨을 헐떡거렸다. 어, 왜 저러지?

"자, 잠시 실례하겠어요!"

"어, 아, 그래."

시오리 짱이 엄청난 기세로 화장실에 갔다.

……어? 내가 해서는 안 될 말이라도 했나? 혹시 포상 따윈 원치 않는 슈퍼 스토익파?

무심코 무례한 발언을 내뱉었다면 사과를 하긴 해야 하는데…… 잘 모르면서 일단 사과부터 하는 것도 별로 좋지 않다고도 하니…….

우선은 책상 위에 놓여 있는 보리차를 마시기로 했다.

응, 차갑고 맛있다.

하는 수 없이 다시금 시험 답안지를 봤다. 응응, 잘 풀었네…….

……한동안 살펴보다가 문득 시계를 봤다. 시오리 짱이

화장실에 간 지 10분쯤 지났다.

……어? 너무 늦는 거 아냐? 괜찮나?

"그럼 다음에 올 때까지 생각해두기야?"

"아, 예, 알겠습니다. 단 음식, 그렇죠. 과자는 좋아하니까……."

시간이 꽤 지난 후에 되돌아온 시오리 짱한테 단 음식 싫어해? 하고 물어봤더니 이내 지친 기색으로 「좋아하죠……」하고 말해서 안심했다. 근데 왜 그리도 지쳤을까?

"아, 그럼 괜찮으시다면 말이죠……."

"응?"

슬슬 공부를 재개하려고 했더니 시오리 짱이 말을 걸었다.

"저, 저기, 그럼 사, 사……."

"사……?"

시오리 짱이 기어들어가는 목소리로 뭐라고 말하려고 했다. 뭐지? 이런 때에는 느긋하게 기다려주는 편이 좋을 것 같다.

"그럼…… 사회를, 하고 싶어요!"

"사회? 아, 그래. 이번에 일본사 점수를 더 따낼 수 있었을 텐데."

"맞아요, 맞아요. 꼭 복습해두고 싶군요……."

흠, 전혀 상관없지만…….

후후후, 하고 웃는 시오리 짱을 봤다.

왠지 시오리 짱이 정말로 하고 싶었던 말은 그게 아닌 것 같다는 기분이 들었다.

"다음은 모의고사네. 열심히 해야 한다?"
"무, 물론이에요. 자신 있으니까!"
그날 수업을 마쳤다. 시각은 18시 즈음. 시오리 짱의 집중력이 조금 저하되기도 해서 오늘은 일찍 마쳤다. 분명 시험을 마쳐서 조금 피곤하겠지.
"그럼 난 이만 돌아갈게. 고생했어!"
"……오늘도 감사했습니다. 그럼 또…… 앗!"
문 밖으로 나가서 돌아가려는 차에 시오리 짱이 뭔가 떠올렸는지 목소리를 높였다. ……응? 뭐지?
"……왜 그래?"
"저기…… 으음…….."
시오리 짱이 주머니에서 꺼낸 스마트폰을 들고서 손을 이리저리 흔들고 있다. ……그때 나는 비로소 알아챘다.
그때 시오리 짱이 제안하려고 했던 걸.
그럼 어떻게 할까?
"저기, 시오리 짱."
"호엥?"
여자애는 이런 부탁을 하기가 어려울 테니까.
"사진, 찍지 않을래?"
"어……?"

"아니, 내 보호자 같은 사람이 어떤 아이를 가르치는지 물어보셨거든. 혹시 괜찮으면 함께 사진을 찍어주지 않을래?"

"……아, 예, 부디! 괜찮아요!"

"음…… 다행이야."

주머니에서 스마트폰을 꺼냈다. ……아, 근데 셀카 어플을 안 깔아뒀는데. 뭐, 카메라 기능으로 그냥 찍으면 되려나……? 어라, 혹시 나 섬세함이 부족했나? 그래도 어쩔 수 없지 않아? 이건 양해해줘.

"그럼 찍을 테니 이리로 와."

"예…… 아앗?!"

화각을 고려하여 찍기 쉽도록 시오리 짱과 어깨를 밀착시켰다. 셀카를 별로 찍어본 적이 없어서 잘 모르겠네…….

"자, 찍을게~. 자, 치즈."

"앗……!"

사진을 찍는 순간, 시오리 짱의 머리카락에서 샴푸 향이 희미하게 풍겼다. 여자와 사진을 찍는 건 꽤 부끄럽구나.

"자, 고마워! 혹시 모르니 시오리 짱한테도 보내둘게. 그럼 다음 주에 또 보자!"

창피한 마음을 얼버무리고자 나는 시오리 짱의 집을 얼른 떠났다. 마지막에 그녀의 표정이 놀란 채로 굳어버린 듯 보였다.

익숙하지 않은 일은 하는 게 아니지만…… 뭐, 조금이라도 신뢰를 쌓을 수 있다면 기쁘겠네.

귀가하는 전철 안에서.

시오리 짱한테 아까 찍었던 사진을 보낸 뒤 스마트폰을 닫았다. 차창에서 밖을 내다보니 석양이 지고 있었다.

시오리 짱과의 거리가 조금이나마 줄어들었을까?

가능하다면 마음을 열고서 긴장을 조금 덜고 대화해줬으면 좋겠는데……. 왠지 그래야만 시오리 짱도 편해질 것 같았다.

나는 크게 기지개를 켰다.

다시금 아까 찍었던 투샷을 봤다. 갑작스럽게 찍어서 놀랐는지 시오리 짱의 표정이 평소보다 어색했다.

……곰곰이 생각해보니 찍을 때 거리가 제법 가까웠는데, 혹시 성희롱에 해당하나……?

아, 그래도 남자가 적은 세계이니 괜찮……겠지?

"뭐, 어떻게든 되겠지."

나는 생각하는 걸 포기하고서 눈을 감았다. 어제는 늦은 밤까지 바에서 알바를 하기도 해서 조금 피곤하다. 잠깐이나마 쉬자.

나는 이때 전혀 눈치채지 못했다.

지금껏 되풀이해왔던 이러한 언동들이.

얼마나 내 목을 조르게 될지를.

〈 성녀의 모임 (4)

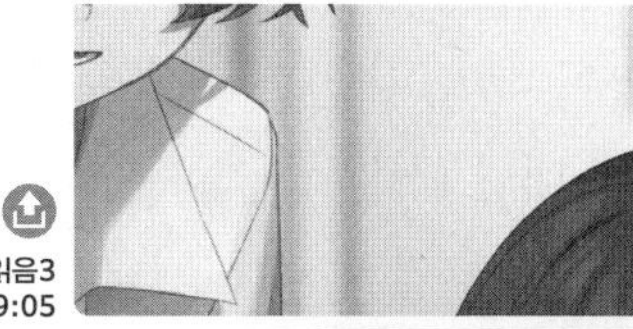

읽음3
19:05

읽음3
19:05 사진 찍어버렸어☆

읽음3
19:05 우와~! 미안, 미안!
이렇게 멋진 사람이 가정교사라서 미안, 미안☆

읽음3
19:05 너희들이 울면서 사과해도 소개해주지 않을 거라구☆

우와, 진짜잖아. 그나저나 거리감 야하다 읽음3
19:10

이 정도 거리면 할 수 있는 거 아님? 읽음3
19:10

우와, 실화냐…… 그건 그렇고 읽음3
19:16

시오리 얼굴 어색해ㅋㅋㅋㅋㅋㅋ 읽음3
19:16

ㅋㅋㅋㅋㅋㅋ시오리 얼굴 왜 저래ㅋㅋㅋㅋㅋㅋ 읽음3
19:18

극혐 오타쿠 표정인데ㅋㅋㅋㅋ 읽음3
19:18

이 사진을 잘도 보냈구나ㅋㅋㅋㅋㅋㅋ
네 얼굴만 지워도 돼? 읽음3
19:19

진짜네ㅋㅋㅋ 미남한테 눈길이 가서 못 봤어ㅋㅋㅋ 읽음3
19:21

이게 청초냐? 그냥 변태 꼬맹이잖아 읽음3
19:21

시오리 포기해ㅋㅋㅋㅋ
시오리한테 이 미남은 턱없어ㅋㅋㅋㅋ 읽음3
19:22

악ㅋㅋㅋㅋㅋ 배 아파ㅋㅋㅋㅋㅋ 읽음3
19:23

—— 《시노미야 시오리》가 그룹에서 나갔습니다 ——

 Aa 

소꿉친구 계열 여대생은 깨닫는다

꿈속에서 아아, 이거 꿈이구나, 하고 인식하는 때가 있다.

『바이 바이! 내일도 같이 캐치볼 하자!!』

『응! 내일 봐!!』

어렸을 적 기억.

아직도 이렇게 꿈을 꾼다.

『코우미, 이제 거기에 가지 말거라.』

『왜? 아주 좋은 아이인걸? 재밌고 다정한 아이인걸?』

『……너 잘되라고 하는 말이니까 가지 마.』

『왜?! 싫어! 절대로 싫어!! 엄마 바보!!』

만나는 게 기대돼서 매일 인근 공원에 갔다.

다음 날도, 그다음 날도.

『오늘은 몇 시에 오려나? 슬슬 올 때가 됐는데.』

하지만 어느 날을 기점으로.

『아직 안 오나? 감기에 걸렸나…….』

『응, 오늘은 분명 무슨 일이 있었을 거야. 또 올 거야.』

『……오늘도, 안 오나?』

그는, 오지 않았다.

『비가, 내려…….』

차갑게 쏟아지는 빗속.

내 뺨을 타고서 무언가가 떨어졌다.

그건 비와 함께 흘러내려갔다.

『……있잖아. 왜 안 오게 된 거야……?』

"윽……!"

눈이 뜨였다.

머리맡에 놔뒀던 스마트폰을 집어서 봤더니 3시 즈음이었다. 아직 한밤중.

"꿈……이었나."

머리를 마구 긁적였다.

어째선지 요즘 자주 옛날 꿈을 꾼다.

정말로, 정말로 어렸을 적 기억.

근처 공원에서 캐치볼을 했던 상대를 자주 떠올린다.

함께 놀았던 기간은 1년 정도였고…… 그는 갑작스레 사라졌다.

아주 쓸쓸했다.

미련인지 모르겠지만 결국 나는 고등학교 때까지 소프트볼을 관두지 않았다.

나 자신이지만 참 바보 같다. 그렇게 해봤자 그가 돌아올 리가 없는데.

마사토와 만난 후로는 역시나 더는 떠오르지 않을 줄 알았건만, 감정이 수반된 어렸을 적 기억은 의외로 머리에 오래 남는가 보다.

"이름도 기억나지 않지만…… 잘 지내려나……."

그가 잘 지낸다면 그걸로 족하다.

그렇게 생각하면서 나는 다시 잠에 들었다.

대학교 여름방학은 길다.

8월을 통째로 쉬고, 9월도 중순까지 쉬니 상당히 길다고 생각한다.

바야흐로 우리는 그 기나긴 대학생의 여름방학에 들어서려고 하고 있다.

"미즈호. 여름방학 때 마사토랑 놀 약속을 하고 싶어."

대학교 부지 안에 설치된 카페. 그 테라스석에서 아이스 카페라테를 빨대로 귀엽게 마시고 있는 친구한테 나는 말했다.

여름방학을 눈앞에 두고서 아직도 마사토와 놀 약속을 하지 못했다!

이건 중대한 사태야!

"응, 놀면, 되잖아……?"

"그렇게 간단히 말하지 말아줄래?!"

왠지 요즘에 미즈호의 태도가 서먹서먹하다.

미즈호는 명랑한 웃음이 장점인데……. 무슨 일이 있었어? 하고 물어봤지만 서글픈 웃음을 지으며 고개만 가로저었다.

미즈호와 꽤 오랫동안 알고 지냈지만, 이런 적은 처음이다.

"뭘 하며 놀고 싶어?"

"뭘 하냐니…… 글쎄……."

턱을 괴고 생각했다.

주문했던 캐러멜 라테는 이미 얼음이 녹아서 밍밍해졌다. 아래에는 시럽이 가라 앉아 있었다.

"모처럼 맞이한 여름방학이니까 바다 같은 데 가고 싶지 않아?"

"바다! 좋네. 나도 바다 엄청 좋아해."

오, 조금 기운이 나나 보네.

전철을 타고 한 시간 반쯤 가면 바다에 도착할 수 있으니 나쁘지는 않겠지.

게다가…….

나는 몸을 미즈호 쪽으로 조금 붙이고서 나직이 말했다.

"꼭 당일치기가 아니어도…… 되잖아?"

"어?!"

"아니, 우린 대학생이잖아? 딱히 놀다가 묵어도 이상하진 않잖아?"

내가 떠올렸지만 나쁘지 않은 생각인 듯했다.

멀리 나가서 노는 걸 핑계 삼아 하룻밤을 묵는다…….

여름밤에 여관에 젊은 남녀 단둘…… 아무 일도 벌어지지 않을 리가…….

"그, 그건 좋지 않다고 생각해!!"

"어어?! 왜!"

내가 망상에 잠겨 있으니 미즈호가 반대했다.

얼굴을 붉힌 걸 보니 미즈호도 똑같은 생각을 했겠지.

"왜, 왜냐면 아직 사귀지 않잖아? 사, 사귀지 않았는데 그런 관계부터 시작하는 건 나, 난 좋지 않다고 생각합니다!"

"잘도 말하네! 입학 직후에 해야 할 건 해버리자! 하고 말했으면서!"

"그, 그건 마음이 조급했다고 해야 할까, 뭐라고 해야 할까……."

말문이 막힌 미즈호가 다시 카페라테에 꽂힌 빨대에 입을 댔다.

그래도 느닷없이 둘이서 바다에 놀러가서 하룻밤 묵고 오자고 말한다면 아무리 마사토라도 경계하며 거부할지도……?

으—음, 그렇다면, 그래…….

"그럼 미즈호도 같이 가자."

"우엥?!"

빨대에서 입을 홱 떼고서 미즈호가 놀랐다. 트윈테일도 함께 튀어 오른 것처럼 보였다.

여전히 반응이 귀엽다.

"단둘이서 여행을 가자고 하면 거절당할 것 같으니…… 미즈호도 함께 간다고 말하면 마사토도 안심할 거 아냐? 너희 둘도 제법 친해진 모양이고."

"어, 아니…… 그건……."

내가 떠올려냈지만 명안인 듯했다. 미즈호한테는 조금 미안하지만, 로맨틱한 한밤중에 둘만의 시간을 만들어서…….

"미즈호도 꿈이라고 했잖아. 남자랑 함께 바다 같은 데 놀러가는 거."

"그건…… 그렇지만…….”

"좋아! 그렇게 정했으니 곧바로 오늘 마사토한테 제안해 볼게! 쇠뿔도 단김에 빼라고 했으니까!”

"어, 잠깐. 코우미, 진심이야?”

"아주 진심이야! 미즈호도 수영복 꼭 챙겨 와야 한다?”

"……차, 참말입니까…….”

미즈호하고도 놀 수 있고, 마사토의 관계도 진전시킬 수 있으니 일석이조!

이제는 마사토가 승낙해주냐에 달렸네!

"그러니까 마사토, 바다에 가자!”

"아니, 무슨 영문인지 전혀 모르겠는데??”

등교한 마사토한테 곧바로 바다에 가자고 권했다.

마사토가 설명을 듣고 싶어서 내 옆에 있는 미즈호를 쳐다봤지만, 그녀도 쓴웃음만 지었다.

"바다에 1박 2일로 놀러가자! 대학생의 여름방학 같지 않아?”

"바다라…… 분명 재밌을 것 같지만…… 1박 2일이라…….”

윽. 역시나 마사토도 그 부분이 마음에 걸리나……. 그야 그렇겠지. 조금도 경계하지 않고 선선히 승낙해주길 기대했지만, 그럴 리가 없나?

그래도 내게는 아직 수가 남아 있어!

"괜찮아! 미즈호도 함께 갈 거니까!”

"그게 괜찮은 이유가 되는 거야??"

"아하하……."

미즈호가 송구스럽다는 듯 웃었다.

거절한다면 하는 수 없다. 당일치기나 다른 장소를 제안하면 그만!

난 꺾이지 않아~!

마사토는 턱에 손을 대고서 잠시 생각한 뒤…….

"좋아. 그래도 방은 따로 잡아야한다?"

"야호—! 물론, 물론! 좋았어! 그럼 일정을 정해버리자!"

좋았어!! 아마도 나 혼자였다면 거절당했을 텐데, 미즈호 나이스!

"미즈호도 함께 정하자! 기대되네!"

"그, 그러게……."

벌써부터 몹시 기대가 된다.

올해는 즐거운 여름방학이 될 것 같아!

그날 귀갓길.

미즈호는 약속이 있다며 빠른 걸음으로 돌아가서 오랜만에 마사토와 둘이서 역까지 걷고 있었다.

마침 잘됐으니 요즘 미즈호의 상태가 이상한 것 같다고 마사토와 의논해볼까?

"요즘에 미즈호가 데면데면한 것 같은데…… 마사토는 뭐 아는 거 있어?"

나란히 걷고 있던 마사토가 고개를 조금 들고서 생각에 빠졌다.

"어…… 아…… 코우미한테 데면데면한 것 같다는 뜻이지?"

"응, 맞아~. 왠지 물어봐도 아무 일도 아니라고만 대꾸하고……."

그 생기발랄한 미즈호가 데면데면하게 구니 나까지 답답해진다. 뭔가 고민거리가 있다면 들어주고 싶은데…….

"……미안, 내 탓일지도 몰라."

"어?! 왜?"

"아― 아니…… 이거 미안한 짓을 했는지도. 내가 미즈호한테 사과해둘게~."

미즈호가 내게 데면데면하게 구는 게 마사토 때문……?

구, 궁금해…….

"차, 참고로 이유를 여쭈어도……?"

"음― 자세히 말할 수는 없지만, 내가 비밀로 삼았던 걸 우연히 미즈호가 알게 돼서 아무한테도 말하지 말아달라고 부탁했는데, 그게 무거운 짐이 됐는지도?"

"에엥……."

"지나친 생각일지도 모르겠지만, 가능성은 있으니 내가 물어볼게."

미즈호만 마사토의 비밀을 알고 있다는 거야?

가슴이 살짝 욱신거렸다.

내게는 말할 수 없는 비밀일까?

갑자기 마음이 쓸쓸해졌다.

"그, 그건…… 내게는, 밝힐 수 없어?"

무심코 말이 튀어나왔다.

역으로 걸어가던 발이 멎쳤다.

토토백을 쥔 손에 힘이 들어갔다.

내가 멈춰 서자 마사토가 난처해하며 웃음을 지었다.

"뭐라고 해야 할까…… 이걸 말해버리면 미움을 살 것 같거든."

"미워하지 않아!"

"……코우미?"

"미워하지도…… 환멸하지도, 않아……. 이렇게 따돌리는 게, 더 괴로워……."

마사토가 어떤 말을 하든 나는 환멸하지 않는다.

나의 이 감정은 그렇게 싸구려가 아냐.

놀라거나 상처를 입을지도 모른다.

잘 모르겠지만.

하지만 그 비밀을 알아서 마사토를 미워할 리가 절대로 없다고 단언할 수 있다.

마사토가 내 머리를 가볍게 퐁퐁, 쓰다듬었다.

"고마워…… 코우미. 그래, 그럼 들어줄래?"

"응…… 물론."

조금 무섭기도 하다.

혹시 여친이 있다는 얘기라면 어쩌지…….

그토록 미워하지 않겠다고 말했으니 심각하게 반응해서는 안 된다.

나는 속으로 결심을 굳혔다.

"실은 말이야…… 나 알바를 하고 있다고 했잖아?"

"응. 가정교사."

"아니…… 하나가 더 있어."

몰랐다. 평일에도 알바를 하나? 하고 생각했던 적은 있지만.

마사토가 껄끄러워하며 말을 이어나갔다.

"나 말이야. 보이즈 바에서 일하고 있거든."

그 사실이 가슴속에 철렁, 내려앉았다.

분명 놀라기는 했다. 하지만 마사토라면 그런 일을 할 수도 있겠다고 묘하게 납득도 됐다.

여친이 있으면 어쩌지, 하고 걱정하기도 했기에 의외로 나는 큰 충격을 받지 않았다.

──하지만 그 순간.

그딴 건 아무렇든 상관없을 만큼.

내 머릿속에서 충격이 일었다.

그 활달한 친구와의 대화가 머릿속을 맴돌았다.

『엄청 다정했거든? 그런 남자가 있다는 사실이 굉장히 기뻤어!』

『내 운명의 사람이 일하는 데를 알았어! 그 사람은 무려 보이즈 바 보이였어!』

『그게 연기나 거짓 같지는 않았는데…….』

그건 하나의 가능성.

마사토 같은 사람이 있구나, 하고 그때는 생각했다.

하지만 그게 아닐지도 모르겠다.

근데 소개했을 때에는 그렇게 반응하지 않았다.

설마 두 사람은 알아채지 못했다고? 그런 일이 있을 수 있어?

아니라고 믿고 싶다.

하지만 직감이 그렇게 말하고 있다.

미즈호의 운명의 사람은 마사토 아냐? 하고.

심장이 억세게 옥죄이는 것 같은 기분이었다.

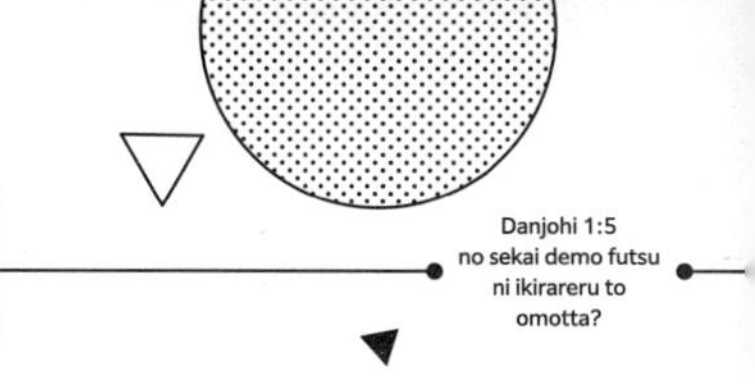

농구부 여중생은 시합에 나간다

일요일.

새벽부터 햇님 아래에서 새 지저귐을 듣는 게 대체 얼마만일까.

"후아암……."

흐리멍덩한 눈을 비볐다.

현재 시각은 무려 아침 7시.

이 시간에 깨어난 건 분명 고등학생 이후로 처음이겠지.

적어도 이 세계에 온 뒤로 이 시간에 깨어난 적은 없다. 대학교에 입학한 후로 내 생활 습관은 난잡해졌다.

기지개를 쭉 켜고서 숨을 크게 내뱉었다.

공기가 건조해서 아주 상쾌했다. 공원의 심록이 몸속을 휘돌고 있는 것 같은 기분이야!

목적지에 도착하고서 나는 짐을 내려뒀다.

낯선 작업복을 입은 사람들이 여러 명 있는데 뭘 하는 거지? 운동을 하러 온 것 같지는 않고.

"으음……? 뭐, 상관없나? 일단 준비운동부터 해둘까……."

졸리기도 하고 생각해봤자 소용이 없기에 먼저 준비운동

부터 가볍게 했다. 스트레칭을 하고서 점프.

응. 몸 상태는 나쁘지 않다.

오늘 여기에 온 데에는 물론 이유가 있다.

내 몸은 이유가 없다면 이 시간에 깨어날 수가 없다.

"마사토 오빠!"

뒤에서 활기찬 목소리가 들려와서 돌아봤더니 이미 친숙한 여자애가 남색 에나멜 백을 메고서 서있었다.

"유카, 좋은 아침."

"예! 좋은 아침이에요!"

아침부터 기운이 넘친다. 웃음이 빛나고 있다.

오늘은 유카와 아침 연습을 하기로 약속했다.

오늘 대회를 맞이하는데, 그 워밍업을 함께 해주지 않겠느냐고 부탁이 온 것이다.

솔직히 이른 아침이라 일어날 수 없을지도…… 하고 너무나도 한심스럽게 대답했더니 아침 6시에 모닝콜을 해줬다.

참 세심하다(국어책 읽기).

워밍업에 어울려주는 건 불만이 없고, 오히려 해줄 수 있다면 해주고 싶었기에 잘되긴 했지만.

"죄송합니다! 이렇게 이른 아침에 불러서……!"

"아냐, 아냐. 나도 가끔은 건강을 생각해서 일찍 일어나야지……."

고개를 꾸벅 숙이면서 유카도 짐을 내려두고서 준비운동을 시작했다.

대략 한 시간쯤 워밍업을 할 예정이다. 너무 지나치면 이후 대회에 지장이 생길 테니 정말로 몸만 데우는 정도로.

"어때, 긴장돼?"

"으—음…… 별로, 안 되는 것 같아요. 오빠보다 강할 리는 없을 테니까."

대, 대단한 배짱…….

나는 터무니없는 괴물을 탄생시켰는지도 모르겠다…….

마음속으로 대전 상대 학교에 사죄했다.

"훗!"

"오, 폼 좋네."

유카가 던진 공이 림에 슉, 빨려들었다.

매끈한 슛 폼. 중학생 중에 이렇게 할 줄 아는 아이가 대체 몇이나 있을까?

"잘했어. 느낌 좋았어."

오른손을 쥐었다가 펴고 있는 유카의 표정은 무척 진지했다.

평상시 귀여운 모습과의 갭도 저 아이의 매력이구나 싶다.

공원에 설치된 시계를 봤다.

이제 아침 8시가 얼마 남지 않았다.

"유카! 이만 마칠까? 워밍업이 지나치면 좋지 않고, 이만 하면 딱 좋을 것 같아!"

"……아! 예! 감사합니다!"

농구에 푹 빠져서 시간 가는 줄 몰랐는지 유카가 시계를 보고서 놀랐다.

정말로 농구 바보라니까.

유카는 물통에 든 스포츠 드링크를 마시고서 농구공을 비롯하여 용품을 정리했다.

표정이 조금 굳은 듯 보였다. 본인은 의식하지 않아도 역시나 몸은 긴장했는지도 모르겠다.

아, 맞아.

"유카, 잠깐 괜찮을까?"

"……어? 뭔가요?"

나는 가방 속에서 그 물건을 꺼냈다.

예전에 썼던 검은 리스트 밴드.

시합용으로 구입했지만…… 사정이 있어서 거의 쓰지 못했던 물건이다.

"필요 없으면 거절해도 괜찮은데. 이거, 혹시 괜찮으면 써."

"아! 그, 그래도 돼요?!"

"물론. 거의 쓰지 않아서 새 거야. 아, 근데 이거 뒷면에 내 이니셜이 들어가 있으니 싫으면—."

"쓸게요!! 그대로!! 쓰게 해주세요!!"

어, 그래. 잡아먹을 것 같은 기세네.

리스트 밴드를 건네자 유카는 금세 팔에 끼웠다.

마치 보물이라도 받은 것처럼 눈빛을 반짝였다.

그, 그렇게 좋은 물건은 아닌데….

"본 시합에서 갑자기 착용하면 위화감이 느껴질 수 있으
니 사전 연습 때 착용해보고서 위화감이 들거든 빼도록 해.
아무 문제도 없으면 착용해도 되고."

"예……! 감사합니다! 정말로, 정말로 소중히 간직할게
요……!"

아, 압박감이 대단하다.

좋은 물건이 전혀 아닌데 말이야……. 뭐, 그래도 저리도
기뻐해주니 기분이 나쁘지는 않다.

"오늘 열심히 할게요!"

유카가 터질 것처럼 활짝 웃었다. 역시나 귀여웠다.

유카가 손을 붕붕 흔들고서 대회 현장으로 떠난 뒤.

"자, 그럼……."

실은 유카가 출장하는 대회가 어느 학교에서 열리는지 조
사해뒀다.

게다가 일반인이 관전할 수 있다는 사실도.

"보러 가볼까~."

유카가 시합을 뛰는 모습을 보고 싶으니까.

지금 기분은 완전히 여동생 시합을 보러 가는 오빠였다.
여동생은 가져본 적이 없지만.

일단 집으로 돌아가 샤워를 했다.

샤워하고 나온 순간 졸음이 맹렬히 엄습했지만, 기합으로
어떻게든 버텨냈다.

지금 자버리면 분명 저녁까지 곯아떨어지겠지. 그것만은

피해야 해…….

유카가 출전하는 대회 회장은 자전거로 갈 수 있는 거리에 위치한 학교였다.

교통비가 들지 않는 건 고맙네. 조금 쉬고서 늦은 아침을 먹은 뒤 나는 다시금 밖으로 나갔다.

조금 낡은 자전거에 올라타고서 여름 뙤약볕도 아랑곳하지 않고 힘차게 페달을 밟았다.

자전거를 타고 30분쯤 달렸다.

목적지에 도착하고서 자전거 주차장에 자전거를 세웠다.

공이 땅에 튀는 소리와 함께, 농구 대회 특유의 부저 소리와 농구화가 바닥과 쿡쿡 마찰하는 소리가 들렸다.

입구에서 슬리퍼를 빌려 신고서 나는 관전을 할 수 있는 2층으로 향했다.

"오오~ 꽤 넓구나……."

체육관은 생각보다 넓었다. 한가운데를 구획하여 두 군데에서 시합을 벌이고 있었다.

유카가 다니는 학교 이름이 분명…….

"오, 저쪽이구나."

딱 맞춰서 온 듯했다.

워밍업을 마치고서 선수들이 지금 막 정렬한 참이었다.

유카는 중학교 1학년치고는 키가 커서 쭉 도열한 선수들 중에 누구인지 알아보지 못할 줄…… 알았는데.

그건 기우였다.

"저 녀석……."

머리 모양보다도, 등번호보다도 먼저.

왼쪽 팔목에 착용한 검은 리스트 밴드가 맨 먼저 내 눈에 들어왔다.

위화감이 없는지 제대로 확인했을까? 억지로 착용할 필요는 없는데…… 하고 생각하면서도 착용해준 것 자체는 조금 기뻤다.

제대로 관전할 수 있는 위치로 가니…… 유카의 표정이 보였다.

평소보다 더 진지한 표정이었다. 집중하고 있는 것 같네.

모처럼 집중했는데 내가 온 걸 알려서 공연히 더 긴장시키면 안 되므로, 보호자들이 앉아 있는 앞쪽이 아니라 뒤쪽 좌석에 앉아서 시합을 관전하기로 했다.

결과부터 말하자면 역시나 유카는 이상했다.

저 아이, 너무 잘해. 시합이 개시된 직후부터 점수를 잇달아 따냈다. 도저히 감당할 수 없어서 상대측에서 더블팀으로 막으려고 했지만, 유카는 패스 워크도 좋았다.

같은 편 3학년 학생들은 농구를 잘하니 마크하는 선수가 없는 상태에서 공을 넘겨받는다면 뭐, 득점하는 것쯤이야.

예전에 유카를 괴롭혔던 선배들은 2학년들뿐이고, 3학년들은 좋은 사람들뿐이라고 했다. 역시나 팀워크도 좋은 듯했다.

3학년들도 유카한테 기꺼이 공을 맡기는 듯 보였다.

점수 차가 점점 벌어지는 광경을 보면서 나는 전율했다.

설마…… 우리 애는 천재?!

친오빠도 아닌데 유카의 활약이 내 일처럼 기뻤다.

"저, 저기……."

유카가 벌이는 유린극을 기분 좋게 보고 있으니 앞쪽에 있던 보호자……? 가 말을 걸었다.

심약해 보이는 남성이었다.

"어? 왜 그러세요?"

"우리 중학교를 응원하러 오신 건가요?"

"아~ 뭐, 그런 느낌입니다."

"다행이다! 그럼 부디 앞에서 관전하지 않으실래요?"

그래서 아까부터 보호자들이 이쪽을 힐끔힐끔 쳐다봤던 걸까. 으음, 점수 차가 이토록 벌어졌으니 이제는 괜찮으…… 려나?

모처럼 왔으니 조금 더 가까이에서 플레이를 보고 싶기도 하다.

"그, 그럼 말씀대로……."

나는 자리에서 일어서 앞쪽으로 이동했다.

이곳에서는 시합도 잘 보인다.

"앗! 멋있다~! 누굴 응원하러 왔나요?"

"어머, 멋져라! 누구 오빠?"

"이렇게 잘생긴 오빠를 둔 애가 있었던가?!"

왠지 엄청 치근덕거리는데!

"유카…… 마에다 유카의…… 오빠, 같은 사람입니다."

"어~! 유카 짱한테 오빠가 있었어?!"

"과연, 그래서 유카 짱도 귀엽구나!"

어머니들도 과도한 관심을 보이길래 약간 난감해하면서 다시 코트를 봤다.

후반부에 들어서니 이미 점수 차가 상당히 벌어졌다…….하지만 유카는 기세를 늦추지 않았다.

여전히 상대팀은 더블 팀으로 유카를 막으려고 했다.

그럼에도 유카는 특기인 크로스오버로 틈을 만들어낸 뒤 날카로운 드라이브로 돌파했다.

도와주러 온 상대팀 수비수를 충분히 끌어들인 뒤 패스……하는 척 페이크.

수비는 보기 좋게 걸려들었고, 유카는 그 틈을 노려서 미들에서 숏.

유카가 가볍게 점프했다.

거긴 나도 좋아하는 위치다. 그 위치에서 숏 성공률이 높은지라 나는 곧잘 거기서 숏을 쏜다.

──무심코 유카의 모습에 나를 겹쳐 보았다. 유카는 이미 나보다도 훨씬 훌륭한 플레이어인데.

매끈한 폼. 빗나갈 리가 없다. 나는 숏을 쏜 순간에 들어가리라 확신했다.

슉, 후련한 소리와 함께 공이 림에 빨려드는 순간.

깜짝 놀란 표정을 지은 유카와 눈을 마주쳤다.

부저가 울리더니 상대팀이 타임아웃을 불렀다. 하지만 아무리 대책을 마련하더라도 이 시간에 이 점수 차를 만회하는 건 절망적이다.

유카가 속한 팀의 승리는 흔들리지 않겠지.

……유카가 벤치로 돌아가면서 이쪽을 굉장히 자주 힐끔힐끔 쳐다봤다.

손을 살랑살랑 흔들어줬다. 역시나 처음에 눈에 띄는 위치에 앉아 있지 않기를 잘했다. 공연히 압박감을 줬을지도 모르니까.

노골적으로 리스트 밴드를 착용한 손을 보여주는 유카의 모습이 귀여웠다.

──알겠어, 알겠어. 괜찮아. 다 봤으니까.

그 후에 이어진 두 번째 시합을 다 보고서 나는 돌아가기로 했다.

보호자들이 엄청 치근덕거렸고, 휴식 시간에 예전에 유카와 함께 농구를 가르쳐줬던 아이들이 질문 공세를 퍼붓기도 해서 무척 피곤했다.

여중생들은 무시무시해.

두 번째 시합에서도 유카는 크게 활약했다.

오늘 시합에서 2승을 거둔 덕분에 3학년들의 은퇴도 뒤로 미뤄졌다고 한다.

3학년과 함께 기뻐하는 유카의 모습이 눈부셨다.

분명 이다음에도 미팅 등 각종 일정 때문에 바쁘겠지.

아침 일찍부터 활동하느라 지쳤으니 나는 이만 돌아가서 잘까…….

신발장에 슬리퍼를 반납하고서 나는 밖으로―.

"마사토 오빠!"

……나가려고 했는데.

뒤를 돌아보니 오늘의 주인공이 서있었다.

"유카, 수고했어."

"아, 저기, 그게, 와주셔서, 감사합니다."

"됐어, 됐어. 오히려 미안해. 말도 안 하고 와버려서."

"아뇨! 기뻤어요…… 저기."

유카가 고개를 살짝 숙인 채로 우물쭈물거렸다.

그리고 조금 뜸을 들이다가, 결심을 굳힌 듯 고개를 들었다.

"저기! 앞으로 15분쯤 뒤면 미팅이 끝날 테니 같이 돌아가면 안 될까요……?"

솔직히 아까 전까지는 피곤해서 일찍 돌아가 자고 싶은 마음이 굴뚝같았지만.

오늘의 주인공이 이렇게 부탁하니 거절할 마음이 전혀 들지 않았다.

그 후 교문 부근에서 기다리고 있으니 유카가 달려왔다.

뒤에 있는 선배나 보호자들이 큰 소리로 뭐라고 외치고 있고, 유카는 새빨개진 얼굴로 뛰어오고 있어서 무슨 일인가 싶긴 했지만.

유카가 그대로 힘껏 내 등을 밀기에 하는 수 없이 나는 그곳을 떠나기로 했다.

유카의 짐을 내 자전거 짐받이에 싣고서 석양이 진 길을 둘이서 걸었다.

"아이 참…… 왜 말해주지 않았어요?"

"아니, 말하면 왠지 유카가 압박감을 느낄 것 같잖아?"

"우……."

뾰로통한 얼굴도 귀엽다. 농구를 할 때와는 크게 다르다. 분명 상대팀의 눈에는 악마처럼 비쳤을 텐데…….

"맞다, 마사토 오빠, 농구하고 돌아가지 않을래요?"

"뭐어?! 유카, 그래도 시합 후라서 피곤할 거 아냐……?"

"가볍게요! 가볍게!"

분명 여기서 늘 농구를 하는 공원은 그리 멀지 않다.

그러나 유카는 두 시합을 치른 직후다.

역시나 피곤할 테니 무리를 시키고 싶지는 않고…… 게다가.

나는 석양이 눈부신 하늘을 올려다봤다.

"이제 곧 어두워질 텐데?"

"그럼 서두르면 되죠!"

그렇게 말하자마자 유카가 내가 끌고 있던 자전거를 가리

켰다.

"제가 페달을 밟을게요! 오빠는 뒤에 타세요!"

"아니, 밟아도 내가 밟아야지!"

"어, 그런가요? 그럼 태워주실 건가요?"

으…… 눈을 치뜨고서 그렇게 부탁하니 차마 거절하기가 어려워. 뭐, 어때! 오늘 유카는 열심히 했으니까.

"알겠어! 그럼 갈 테니 어서 타!"

"야호……! 감사합니다!"

유카가 뒤에 탄 걸 확인하고서 자전거 페달을 밟기 시작했다.

등 뒤에 착 달라붙은 유카의 체온을 느끼면서.

불어오는 바람이 기분 좋다.

"~~♪"

뒤를 돌아보지 않아도 알겠다.

유카는 기분이 매우 좋은지 내 허리에 두른 팔에 힘을 줬다.

뭐, 이런 것도 가끔은 나쁘지 않네.

사건은 공원에 도착한 후에 벌어졌다.

무사히 공원에 도착한 뒤 나는 자전거를 세우러 자전거 주차장에 갔다. 그동안에 유카는 공을 들고서 먼저 코트로 향했는데.

코트 바로 앞에 유카가 가만히 서있었다.

"……왜 그래?"

이쪽을 돌아본 유카의 얼굴이 창백해서 나는 무심코 어리
둥절했다.

대체 무슨 일이⋯⋯?

"마사토 오빠⋯⋯ 이거⋯⋯."

유카가 반쯤 울먹이며 말했다.

코트 입구.

거기에는 종이가 붙어 있었다. 그러고 보니 아침에도 뭔
가가 붙어 있었던 것 같은데⋯⋯.

유카의 뒤에서 그 종이에 적혀 있는 내용을 봤다.

거기에는 『농구 코트 철거 안내』라고 적혀 있었다.

농구부 여중생은 각오를 굳힌다

《마사토》『좋긴 한데, 아침에 못 일어날 것 같아……』

《유카》『아, 저기…… 혹시 괜찮으시면 제가 아침에 전화할까요?』

《마사토》『알겠어! 부탁할게! 못 일어나면 진짜 미안해! 애는 써볼게!』

《유카》『그럼 내일 6시에 전화할게요! 안녕히 주무세요』

《마사토》『알겠어! 잘 자』

어제 한 채팅을 보고서 나는 심호흡을 크게 했다.

지금은 딱 아침 6시.

나는 이 시간에 일어나는 게 익숙하지만, 마사토 오빠는 그렇지 않은 모양이다.

평소에도 연락을 주고받을 때 아주 늦은 밤에 오거나, 점심나절까지는 답장이 오지 않아서 그러지 않을까 싶긴 했다.

마사토 오빠를 억지로 깨우려니 죄책감이 들었지만, 이건 부탁받은 일…… 그렇게 스스로를 타이르면서 나는 통화 버튼에 손을 댔다.

첫 번째 콜, 받지 않았다. 두 번째 콜, 받지 않았다.

왠지 엄청 두근거린다.

그리고 세 번째 콜.

통화가 연결됐다.

"아, 여보세요. 마사토 오빠, 좋은 아침이에요."

『…….』

이부자리가 부스럭거리는 소리만이 한동안 울렸다.

"저기…… 마사토 오빠?"

역시 괜한 짓이었을까?

죄책감이 가슴속에 치민 그 순간.

『……유카?』

"아……!!"

엄청 커다란 폭탄이 투하됐다.

잠에 취해서 혀가 꼬인 목소리.

심장이 세차게 뛰었다. 전혀 그렇지 않지만 나쁜 짓을 저지른 것 같았다.

"조, 좋은 아침입니다. 유카예요."

『으음…….』

……너, 너무 야해…….

요, 요염한 목소리 내지 말아요!!!

그 후에는 마사토 씨의 의식이 또렷해질 때까지 통화를 하고서…….

끊었다.

"이게 뭐야……. 머리가 이상해질 것 같아…….”

잠에서 덜 깬 마사토 오빠의 파괴력은 발군이었다.

솔직히 꽤 위험했다. 여러 의미로.

나는 심호흡을 크게 하고서.

일단은 이부자리에서 1분쯤 데굴데굴 굴렀다.

마사토 오빠와 아침 훈련을 한 뒤 나는 팀메이트와 함께 대회장에 와있었다.

다함께 워밍업을 하고서 첫 번째 시합에 나섰다.

토너먼트라서 패배한다면 거기서 끝.

긴장……은 하지 않은 것 같다. 패배하면 3학년이 은퇴하기에 그건 싫지만.

상대가 마사토 오빠보다 강하지 않다고 생각하니 마음이 조금 편했다.

"유카, 오늘은 팍팍 뛰어줘. 잘 부탁해!"

"예! 열심히 할게요!"

말을 걸어준 주장은 상냥한 사람이다. 내가 갑자기 주전 멤버가 됐을 때도 줄곧 북돋아줬다.

척 봐도 농구부 선수처럼 생긴, 포니테일이 멋진 사람.

파이프 의자에서 일어서서 호흡을 가다듬었다.

왼팔에 착용한 검은 리스트 밴드를 꾹 쥐었다.

마사토 오빠가 준 리스트 밴드.

뒷면을 보니 알파벳 필기체로 『MK』라고 수놓아져 있었다.

……기뻐. 마사토 오빠가 함께 싸워주고 있는 것 같아서 든든해.

"그럼 정렬해 주세요!"

심판이 외치자 나는 선배들과 함께 코트에 섰다.

좋아, 힘내자……!

코치님이 마음껏 날뛰어도 된다고 했기에 나는 공을 받고서 과감하게 치고 들어갔다.

수비수도 전혀 무섭지 않으니 이 정도라면 득점을 팍팍 할 수 있겠다.

숏과 패스를 섞으면서 나는 득점에 관여해 나갔다.

상대팀 두 명이 나를 막으려고 했지만, 그것도 개의치 않았다.

마사토 오빠 한 명한테서 점수를 따내는 것이 수백 배는 더 어려우니까!

"유카, 나이스 숏! 더 팍팍 나가도 돼!!"

"예!!"

수비로 복귀하면서 주장과 가볍게 하이파이브를 했다.

역시 시합은 재밌어!

후반부에 들어섰지만 내 기세는 떨어지지 않았다.

오늘은 상태가 아주 좋다. 상대 선수들은 전체적으로 공을 높이 튕겼다. 그래서 드리블의 틈을 파고들어 나는 잽싸게 스틸했다.

"나이스! 유카 이쪽!"

선배한테 패스하고서 나도 공격에 나섰다.

상대가 수비로 전환하는 걸 확인하고서 다시 패스를 받았다.

수비수 두 명이 막아섰지만 상관없다.

평소처럼 틈을 만들어서 뚫고…… 도와주러 온 상대 선수를 패스 페이크로 속이고.

거의 마크를 받지 않고서 점프 슛.

좋아. 들어간다──!

바로 그 순간.

림 너머로 내 시선이 빨려들었다.

응원석에 앉아 있는 남자.

마사토 오빠가 있었다.

"어, 응원석에 엄청 잘생긴 사람 있지 않았어?"

"어, 맞아, 맞아. 나도 봤어!"

"그거 누구야? 누구 오빠야?"

"소개해줘~!!"

어, 어째서 이런 일이…….

우리 팀은 두 시합을 벌였고, 무사히 전승을 거뒀다.

그건 아주 잘된 일.

그런데 시합을 마치고서 탈의실에 들어갔더니 마사토 오빠에 관한 화제로 들끓고 있었다.

"아빠한테 들었는데, 유카 오빠래."

"뭐! 유카, 맞아?!"

이곳에는 시합에 출전한 사람밖에 없다. 즉 내 동급생 친구는 없다는 뜻…….

나는 1학년인지라 기를 펼 수가 없다…….

“아~ 그게요…….”

“얘, 유카. 저 오빠 좀 소개해줘! 엄청 잘생겼어!”

“이름은, 이름은?!”

마사토 오빠는 오빠이지만 오빠는 아니라서…… 왜 이렇게 혼란스러운 거지?

게다가 소개해달라니 절대로 안 됩니다!

간신히 탈의실에서 나와 모두가 있는 곳으로 돌아갔다.

그곳에는 응원하러 와준 우리 엄마가 있었다.

다행이다. 엄마가 있으니 보호자들이 품었던 오해도 풀렸을 거야……!

“유카, 엄마가 저렇게 멋진 아들을 뒀던가…….”

“아이 참, 엄마까지 무슨 소리야?!”

“아니, 혹시 있다면 기쁘잖니…….”

“안 돼! 그건 안 돼!”

이런 얘기를 하고 있을 때가 아냐.

마사토 오빠와 함께 집에 가기로 약속을 했으니 가봐야 해…….

해산하기 전 마지막 미팅.

주장이 이번 시합 때 미진했던 점을 들려주고서 다음 시합에 잘 대비하자며 사기를 높였다.

내일부터 다시 부활동이니까.

그리고 슬슬 해산하려던 참에.

주장이 진지한 표정으로 손뼉을 한 번 짝, 쳤다.

“좋아. 그럼 지금부터 유카네 오빠를 누가 소개받을 건지 선발한다.”

“예?!”

주장, 터무니없는 발언인데요?!

“꺄아~! 예예, 저 입후보합니다~!”

“저도—!!”

“저도 꽃미남이랑 꽁냥거리고 싶어요!!”

선배들이 잇달아 입후보한다. 아니, 아니, 안 되는데요?!

“아핫…… 농담입니다. 그런 건 안 합니다.”

우우…… 하고 선배들이 야유를 보냈지만, 나는 진심으로 안도했다.

주장이 헛기침을 한 번 하고서 말했다.

“나 혼자 소개를 받도록 하겠습니다.”

어……?

“쓰레기 주장!”

“저 못난이!”

“너 남친 있잖아!!”

이번에는 엄청난 야유가 주장한테…….

하지만 전혀 괘념치 않는다는 시원스러운 얼굴로 주장이 내게 시선을 보냈다.

“유카, 소개해줄래?”

그렇게 혀를 빼꼼 내밀어본들…….

마, 말해야 해. 그 사람은 내 오빠가 아니라고…….

게다가, 그 사람은…… 그 사람은 나의―!

숨을 크게 들이마셨다.

"그 사람은 제 남친이 될 사람이라서 안 돼요!!!"

나는 창피해져서 도망치듯 뛰어나갔다.

"결혼식 때 불러라, 유카~!"

"유카 짱, 힘내~!"

"청춘이구나~!"

뒤에서 꺅꺅, 하고 소란을 피우는 소리가 무척이나 창피했다.

교문 앞에 기다리고 있는 마사토 오빠의 모습이 보였다.

"어서 가죠, 마사토 오빠!"

"어, 어어……?"

나는 창피한 기분을 꾹 참고서 마사토 오빠의 커다란 등을 힘껏 밀었다.

마사토 오빠가 모는 자전거 뒤에 타고 있었다.

마사토 오빠의 넓은 등에 달라붙어 행복한 시간을 보냈다.

억지로 부탁하길 잘했다.

오늘은 멋진 모습을 보여줬고, 이렇게 마사토 오빠와 착 달라붙어 있으니 최고의 날이다.

무심코 심장이 뛰었다.

"좋아……해요."

바람이 불어서 뒤에 있는 내 목소리는 들리지 않는다.

낮직이 중얼거린 이 마음은, 닿지 않는다.

아까 모두의 앞에서 선언했던 말이 떠올랐다.

역시 마사토 오빠랑 사귀고 싶어.

이 사람을 내 남친으로 삼고 싶어.

하지만…… 분명 마사토 오빠는 날 여동생 같은 존재로 여기고 있다.

오늘 응원석에서도 그렇게 말했을 테니 명백하다.

분하다.

의식해 줬으면 좋겠다.

어떻게 해야 의식해줄까?

끌어안은 팔에 힘을 줬다.

세게, 세게 끌어안았다.

놓고 싶지 않다.

줄곧 이러고 싶다.

어떻게 해야 이 마음을 알아차려줄 거야?

마사토 오빠.

마사토 오빠가 자전거를 세우러 간 동안에 나는 코트를 확보하러 왔다.

이제 해가 다 저물어서 사람은 없었다.

잘됐다고 생각하면서 코트에 들어가려고 했는데—.

"……어?"

낯선 종이가 코트 입구에 붙어 있는 걸 눈치챘다.

내용을 읽었다.

"어……."

거기에는 이 코트를 『다음 주부터 사용할 수 없다』고 적혀 있었다.

……어째서?

방금까지는 그토록 행복했건만 지금 내 기분은 찬물을 끼얹은 것처럼 싸늘해졌다.

여기가, 없어진다니.

처음으로 만나서.

멋져서.

또 만나고 싶어서 매일 드나들었고.

처음으로 말을 걸었다.

『저, 저기, 저랑…… 승부해요!』
『어어?!』

마사토 오빠랑 농구하는 게 즐거워서…….

나는 금요일을 기대했다.

『오, 오늘에야말로 이길 겁니다! 그리고 여길…… 넘겨받을 겁니다!!』
『왔구나~ 꼬맹이.』

비에 젖어서 두근거렸던 적도 있었다.

『이거 입어. 반팔이라서 별 소용은 없을지도 모르겠지만,
안 입는 것보다는 낫겠지.』
『어……?』

도움을 받았다.

『상당히 재밌어 보이는 연습을 하고 있네.』
『……열심히 잘 했어, 유카. 멋있었어.』

머릿속에서 수많은 추억들이 맴돌았다.
언제나, 언제나 여기였다.
마사토 오빠와 나의 모든 게, 여기에 있다.
그런데.
없어진다고……?
그 말은, 마사토 오빠랑 만날 수 없게 된다……?
"왜 그래?"
자전거를 세우고 온 마사토 오빠가 어느새 뒤에 있었다.
나는 이 괴로운 감정을 겨우 참고서 돌아봤다.
"……마사토 오빠, 이거…….."
마사토 오빠가 그 종이를 훑어봤다.
"……진짜야?"

내용을 읽고서 마사토 오빠도 충격을 받은 듯했다.

최악이다.

추억이 담긴 이 장소가 없어지다니.

다음 주부터 마사토 오빠와 만날 수 없잖아——.

"새로운 장소를, 찾아야겠네."

"어……?"

"응? 여기가 없어지니 새 장소를 찾아야 하잖아?"

마사토 오빠의 말을 이해하기까지 몇 초쯤 걸렸다.

"그, 그렇게 선선히……."

"그야 여기가 없어져서 엄청 섭섭하지……. 유카랑 만났던 장소고. 하지만."

머리에 감촉이 느껴졌다.

마사토 오빠의 커다란 손바닥.

"추억까지 없어지는 건 아니잖아? 지금도 나랑 유카는 이 공원이 아닌 곳에 함께 있을 수 있어. 추억은 우리 안에 남아 있어……. 또 새로운 추억을 만들 수 있는 장소를 찾아내면 되지 않을까?"

……여러 사실들이 내 감정을 어지럽혔다.

마사토 오빠랑 또 만날 수 있구나.

함께 했던 일들을 추억이라 말해줘서 기쁘구나.

또 함께 할 수 있는 곳을 찾아주는구나.

전부, 전부 전부 전부 나를 위한 말이구나.

또 기뻐져서.

마사토 오빠를 끌어안았다.

"우와앗?! ……유카, 왜 그래?"

"마사토 오빠, 고맙……습니다……! 정말로, 저랑 만나줘서……!"

"너무 거창…….”

오빠가, 머리를 쓰다듬는다.

거창하지 않아.

난 이 사람과 만나길 잘했어.

역시—— 정말 좋아.

기분이 조금 가라앉고…… 제정신을 차렸더니 오빠가 쓰다듬고 있다는 사실을 깨달았다.

이건 아마도 오빠가 나를 여동생처럼 여기기에 해주는 행동이겠지.

서서히 몸을 뗐다.

아쉽지만.

이건 분명 필요한 한걸음.

"유카……?"

나는 코트에 발을 들였다.

석양이 거의 다 기울어 눈부셨다.

이제 곧 어두워지겠지.

코트에 들어가 마사토 오빠를 돌아봤다.

마사토 오빠가 멍하니 서있었다.

그런 표정도 몹시 멋지다. 정말로, 모든 게 좋아.

그래서.

──있잖아요, 내가 좋아하는 **마사토 씨**.

"승부하죠. 마사토 오빠."

나는, 각오를 굳혔다.

농구부 여중생의 마음은

"승부하죠. 마사토 오빠."

노을을 등지고서 유카가 내게 말했다.

부드러운 미소를 지은 그녀의 표정이 그 또래처럼 보이지 않아서, 순간 숨을 삼켰다.

안 돼, 안 돼. 상대는 여중생이야.

여중생에게 「아름답네」 하고 느끼는 건 역시 징그럽다.

나는 사념을 털어내고서 유카와 마주했다.

"승부라니…… 1on1을 하자고?"

"예."

일대일 승부. 그건 늘 유카랑 해왔던 것이고…… 일단, 패배한 적은 없다.

그래도 여중생에게는 질 수 없다. 자존심이 있으니까.

……오늘 활약했던 모습을 보니 정말로 가까운 날에 패배할 것 같긴 하지만.

"단판 승부예요. 각각 공격과 수비를 한 번씩 해서 결판을 내는 게 어떨까요?"

"……괜찮네."

평소에는 5점을 먼저 따내는 쪽이 이기는 규칙으로 1on1을 해왔는데, 오늘은 단판 승부를 제안했다.

이 규칙이라면 유카한테도 승산이 있겠지. 아무리 실력이 뛰어난 플레이어일지라도 슛이 100% 들어간다는 보장은 없다. 즉 시행횟수가 적으면 적을수록 성적이 튄다.

게다가…… 어떤 것인지는 대강 알고 있지만, 유카한테도 비장의 패가 있다.

그걸 처음 보고서 대응할 수 있을지는 모르겠다.

하지만 설령 점수를 빼앗기더라도 내가 득점하는 것까지 막아내지는 못할 것 같다.

뭐니 뭐니 해도 키가 절대적인 이 스포츠에서는 내가 더 유리하니까.

“좋아. 시간도 없으니 준비가 되거든 시작해볼까?”

“하나 더.”

코트에 들어간 내 눈앞에 유카가 검지를 척, 세웠다.

“패배한 쪽이 승리한 쪽의 부탁을 한 가지 들어준다. 이러면 어떨까요?”

……무척이나 자신만만하네. 이거 분명히 비장의 패가 있다고 생각해야 할 것 같다.

“……좋아. 수락할게.”

부탁, 부탁이라. 이기면 유카한테 뭘 부탁하지?

모닝콜이 유용했으니 또 해달라고 할까? 난 아침에 못 일어난다구.

유카한테서 공을 받은 뒤 나는 가볍게 워밍업을 했다.

“시합을 막 마쳐서 몸이 지쳤을 테니 무리하면 안 돼~! 예전처럼 쓰러져도 난 모른다!”

“……!”

유카가 놀랐는지 굳어버렸다.

응? 뭔가 이상한 말이라도 했나?

"기억하고, 계시네요."

"어, 아니, 그야 그 정도는 기억하지. 그렇게 오래된 일이 었던가?"

함께 농구를 시작했던 초창기였으니…… 한 세 달쯤 전인가?

"후후후……."

"뭐, 뭐야?"

"아뇨, 기뻐서!"

유카가 활짝 웃었다.

뭐, 뭐지? 이 아이가 이렇게 어른스럽게 웃을 줄 알았던가……? 앳되고 귀여운 얼굴을 보고서 무심코 두근거렸다.

안 돼, 안 돼. 이 아이는 중학교 1학년. 그냥 범죄라고.

워밍업을 가볍게 마치고서 드디어 승부를 시작했다.

그렇구나. 여기서 승부를 벌이는 건 이번이 마지막일지도 모르겠네.

그렇게 생각하니 감회가 조금 깊었다.

유카도 준비가 다 된 모양이다.

"그럼 시작하죠. 누가 먼저 공격할까요?"

"늘 그래왔듯 유카가 정해도 좋아."

"그럼 먼저 공격하겠습니다."

선공은 늘 유카가 정해왔다.

큰 유불리는 없지만, 이 정도 결정권은 유카가 갖고 있어도 되겠지.

나는 유카가 바운드 패스한 공을 받고서 제자리에서 몇 번 튕겼다.

이 공을 유카한테 다시 넘겨주는 순간, 승부는 시작된다.

유카를 보니 눈을 감고서 잠시 집중하고 있었다.

……왜 저렇게 진지하지? 어, 뭐, 좋은 일이지만…….

이거 나도 진지하게 임하지 않으면 실례겠네.

공을 바운드 패스하여 돌려주자마자—— 나는 유카를 보면서 수비 자세를 취했다.

허리를 숙인다. 상대의 진로를 가로막는 커다란 자세.

체격 차도 난다. 상대가 보통이라면 절대로 질 수 없는 승부.

하지만 이 아이는——.

"——갑니다."

보통이 아니다.

유카는 우선 인사 대신 제자리에서 슛 페이크를 걸었다.

아무리 그래도 여기엔 낚이지 않는다. 단판 승부인데 이 거리에서 슛을 시도할 만큼 유카는 성공률이 높지 않다.

아니, 여중생치고는 말도 안 될 만큼 높긴 하지만.

기쁘게도 유카는 내 스타일을 동경한다.

내 플레이 스타일은, 주로 외곽에서 슛을 쏘기 보다는 안으로 파고들어 상대의 수비를 교란시키는 스타일.

그러니 이 상황에서 취할 동작은 당연히.

"흡―!"

드라이브다!

유카가 페이스를 갑자기 올리며 날카롭게 크로스오버했다.

유카와 같은 중학생이라면 분명 아무도 따라잡지 못하겠지.

나도 중학생이었다면 도저히 따라잡지 못했을 거다.

하지만 나는 그 재빠른 몸놀림을 여러 번 봐왔기에 잘 안다.

유카의 진로 앞으로 돌아갔다.

이대로 억지로 뚫어낸다면 오펜스 파울에 걸릴 수도 있는 위치까지.

"아직――."

그러자 유카는 곧바로 다음 수를 꺼내들었다.

롤.

기세를 그대로 몰아서 반대 방향으로 도는 기술. 이것도 나와 연습을 하면서 완전히 자신의 것으로 만든 기술이다.

정말로, 장래가 무섭다.

하지만 그것도 내가 알려준 기술.

"알고 있어!"

이것도 미리 포착하여 앞을 막았다. 체격 차가 나기에 보폭도 물론 차이가 난다.

그래서 따라잡을 수 있다. 스포츠에서 체격 차는 절대적인 어드밴티지이므로.

“——그렇겠죠.”

그리고 유카 역시 내가 롤에 대응할 것을 알고 있었다.

롤을 도중에 멈추고서 뒤쪽으로 드리블을 하면서 백스텝을 했다.

아무리 생각해도 중학교 1학년의 기술이 아니다. 무심코 웃음이 나왔다.

——그 순간. 나와 거리를 벌린 유카가 한쪽 다리로 도약했다.

(안 됐네! 그 위치는 내 손이 닿아, 유카!)

도약했다면 이 1on1에서 선택지는 딱 하나뿐. 슛이다.

후방으로 물러나 나와의 거리를 벌리긴 했지만, 그 지점에서도 닿는다. 키 차이가 나니까.

그렇게 생각했다.

그런데 내가 뻗은 손이—— 허공을 갈랐다.

“말도 안 돼—.”

유카는 한 손으로 공을 상공으로 던졌다.

——오버핸드 플로터 슛.

프로 세계에서도 자주 쓰이는, 상대의 블록을 피하기 위한 슛.

내 손이 닿지 못하도록 유카는 궤적을 틀었다.

한 번도 본 적이 없었다.

공은 높은 포물선을 그리다가 그대로—— 림에 빨려들었다.

"이로써 선취점이네요, 마사토 오빠."

"우와, 이럴 수가……."

슛을 성공시키고서 웃음을 짓는 그녀를 보고서 나는 소름이 멈추지 않았다.

유카의 키는 중학교 1학년치고는 꽤 큰 편이다.

중학교 3학년에 비해서도 말이다.

그 말인즉슨 유카는 딱히 높다란 블록을 회피할 방법을 고안할 필요가 없다.

그런데도 방금 그 슛은 너무나도 익숙해 보였다.

평소에 연습하고 있다.

그것은 결국──.

"마사토 오빠를 이기기 위해 연습했어요."

"말도 안 돼……!"

내가 볼 수 없는, 부활동이나 다른 시간을 활용하여 연습했나? 저 슛을?

그, 그리도 내게서 이 장소를 되찾고 싶었니……?

"자, 이제는 마사토 오빠가 공격할 차례예요."

"어, 그래……."

평소답지 않게 대담하게 웃는 유카를 보며 약간 주눅이 든 채로 나는 시작 위치로 돌아갔다.

괜찮아. 여기까지는 일단 상정해둔 상황이다.

공격 때 어떤 비장의 패를 꺼내리라는 것은 예측했다.

하지만 수비할 때는 그럴 수 없다.

공격은 여러 요소에 좌우될 수 있지만, 수비는 그렇지 않다.

나는 여태껏 진심으로 득점하려고 마음먹었을 때, 유카한테 블록이나 스틸을 당했던 적이 없다.

유카한테는 미안하지만…… 그렇게 쉽게 질 수는 없거든.

유카한테 공을 넘겼다.

이게 되돌아온다면 나의 공격이 시작된다.

"있잖아요, 마사토 오빠."

"……응?"

유카가 공을 여러 번 땅에 튕기면서 내 눈을 쳐다봤다.

올곧은 비취색 눈동자.

빨려들 것 같은 순수한 시선.

"마사토 오빠, 부상, 입은 거죠."

유카의 입에서 나온 발언을 듣고서 나는 무심코 어리둥절했다.

"……왜 그렇게 생각해?"

"마사토 오빠의 플레이를 여러 번 봤으니 알아요. 우측 팔꿈치나 어깨, 맞죠?"

"……."

"지금 농구를—— 아니, 스포츠를 하지 않는 건 그 때문인가요?"

"……글쎄."

유카의 지적은 정곡을 찔렀다.

나는 우측 팔꿈치가 좋지 않다. 생활하는 데 지장은 없고,

교통사고를 당했다는 그런 암울한 이야기도 아니다. 그저 어떤 스포츠를 과도하게 하다가 다쳤을 뿐이다.

"저, 아직 마사토 오빠를 전혀 몰라요. 현재도 그렇고 과거도."

유카가 조금 쓸쓸해하며 말했다.

그리고 공을 두 손으로 잡고서 이어나갔다…….

"더—— 알고 싶어요. 마사토 오빠를."

"……아!"

그 말이 너무나도 순수한 데다가 눈까지 치뜨고 있어서 무심코 두근거렸다.

자, 잠깐, 잠깐만. 여중생한테 이러는 건 위험하잖아?!

"스, 승부가 끝나면 얘기하자!"

지금은 집중하자! 이 정신 공격도 혹시나 노린 건가?

그렇타면 유카는 어느새 엄청난 악녀가 돼버렸는지도 모르겠다…….

"예. 이 승부가 끝나면…… 잔뜩, 잔뜩 알려주세요."

유카가 바운드 패스로 공을 넘겼다.

내 공격이 시작된다.

벌써 다 이긴 것 같은 말투……. 그게 틀렸다는 걸 보여줘야겠어!

유카가 접근해왔다.

흠잡을 데 없는 빈틈없는 디펜스.

숏 페이크를 걸었다.

유카가 제대로 걸려들었다.

그야 그렇겠지. 그녀는 나의 외곽 슛 성공률을 알고 있다. 만약에 들어간다면 기껏 리드하고 있던 전개가 처음으로 되돌아간다.

당연히 그 가능성을 배제하고 싶겠지. 내가 수비를 했을 때와는 정반대.

그래서 살짝 빈틈이 생긴다―!

나는 망설이지 않고 왼쪽으로 드라이브를 하며 파고들었다.

나는 왼손잡이라서 드리블 스킬에도 자신이 있다.

오른쪽 팔이 멀쩡하지 않다는 사실이 들켰지만 아무 문제도 없다.

유카도 조금 늦게나마 따라붙으며, 골까지 쉽사리 나아가지 못하도록 막았다.

하지만 이만큼 림에 접근했으면 충분하다.

공을 두 손으로 잡고서 턴을 하면서 페이드어웨이로 마무리―.

"바로 지금이에요!"

내가 두 손으로 공을 쥔 순간.

유카가 뻗은 오른손이 내가 들고 있던 공을 정확히 튕겨냈다.

"마사토 오빠는 오른팔이 불편해요. 그래서 공을 들고 있을 때 슛 자세로 이행하는 속도가 조금 느려요!"

“거짓말……!”

내 머리 위로 튕겨 나간 공이 떠올랐다.

세계가 슬로우 모션처럼 흘러간다.

저 공을 다시 잡지 않는다면 내가 패배한다.

페이드어웨이를 시도하려고 했기에 내 체중은 뒤쪽에 쏠려 있었다.

나는 머리 위로 떠오른 공을 다시 잡으려 시도했지만──.

“안 돼요.”

그조차도 유카가 오른손으로 쳐냈다.

무정하게도 공이 뒤쪽으로 날아갔다.

……나의 패배구나.

공을 필사적으로 튕겨내기 위해 유카가 나를 덮칠 듯 달려들었다.

버텨낼 재간도 없이 나는 후방으로 벌러덩 쓰러졌다.

유카도 나와 동시에 쓰러졌다.

털썩, 하는 소리와 함께 등에 충격이 일었다.

그리고 통, 통.

뒤쪽으로 공이 굴러가는 소리만이 울렸다.

충격을 견뎌내기 위해 감았던 눈을 떴더니.

눈앞에 유카의 얼굴이 있었다.

그것도.

매우 가까운 위치에.

입술에, 감촉이.

어——?

이해했을 때에는 이미 늦었다.
유카가 서서히 얼굴을 뗐다.
"하아……."
"너, 뭐 하는——."
나는 아래에 깔려 있고, 위에는 새빨간 석양이 있었다.
그리고 뺨이 상기된 유카의 앳되고…… 그러면서도 단정하고 아름다운 얼굴도.
"——싫어요."
"어——?"
"여동생은, 싫어요."
"……!"
심장 소리가 크게 들렸다.
이건 유카의 심장 소리? 아니면——.
"지금은 힘들다는 걸 알아요. 하지만 의식해 주세요. 여동생이 아니라 한 사람의 여자로서. 그게, 제 부탁이에요."
"그……건."
"안 되나요? 이렇게 자그마한…… 중학생은, 안 되나요?"
늘 봐서 익숙한 유카의 귀여운 얼굴.
그런데 왜 이리도 요염하고 매혹적으로 느껴지는 거지?
나는 무심코 오른손으로 얼굴을 가렸다. 잠깐, 지금 얼굴

DuNK

이 빨개져서 무지 꼴사나울지도.

"안 돼요."

"잠깐——."

유카가 그 오른손을 억지로 떼어내 땅바닥에 세게 눌렀다. 힘이, 억세……!

"윽……!"

다시금 유카의 얼굴이 눈앞에.

이제 도망칠 수 없다.

억지스럽지만 그러면서도 어딘가—— 갈망하는 듯한 부드러운 키스가 내려왔다.

"……!"

"어떤가요? 이래도, 안 되나요?"

유카의 얼굴이 새빨개졌다.

"좋아해요. 이제 억누를 수 없어요……! 지금은 안 되더라도 상관없으니까……! 여동생이 아니라…… 제대로…… 제대로 여자로 봐주세요."

그렇게 말하고서 유카가 눈물 섞인 웃음을 활짝 지었다.

그 모습은 내 마음을 어지럽히고도 남을 만한 위력을 갖고 있었다.

심장이 격하게 계속 뛰었다.

몸이 화끈거리는 게 운동 때문인지, 지금 이 상황 때문인지 모르겠다.

죽을 만큼 부끄러워서 이 얼굴을 어떻게든 숨기고자 옆으로 틀었지만, 억지로 정면으로 되돌려졌다.

표정도 감출 수 없다.

유카가 두 손으로 내 두 팔을 완전히 제압했다.

"있잖아요, 마사토 오빠."

이제 유카의 얼굴밖에—— 볼 수 없다.

"——더 해도 될까요?"

그때 유카의 흥분된 표정을 보고서 나는 비로소 깨달았다.

지금 어느 쪽이 「위」에 있는지.

그 후 수십 분 동안—— 나는 몸소 그 사실을 배웠다.

츤데레 계열 오피스레이디는 유혹한다

요즘에 자주 넋을 놓는다.

나한테는 충격적이었던 그 사건이 벌어진 지 닷새…….
솔직히 대학교 강의도 머릿속에 잘 들어오지 않는다. 배경
음처럼 교수의 목소리가 오른쪽에서 왼쪽으로 빠져나간다.

머릿속에서는 그날 겪었던 일들이 리플레이된다.

『대답은 필요 없어요. 앞으로 쭉…… 함께하면서 제 마음
을 증명할 테니까!』

지금은 연상인 내게 환상을 품고 있을 뿐 여러 남자들과
만나다 보면 생각이 바뀔지도? 하고 말했더니, 유카는 그렇
게 일축했다.

웃으면서 돌아갔던 유카의 얼굴은…… 아주 활기차 보였다.

실제로 그렇게 생각했다. 중학생이라는 다감한 시기에 우
연히 곁에 내가 있었을 뿐, 앞으로 여러 사랑과 실패를 경
험해 나갈 텐데.

그토록 기뻐하며 말하니 뿌리칠 수가 없었다. 마냥 귀엽고.
나도 남자고.

그 이후로 유카는 꽤 적극적으로 연락을 해왔다.

유카가 말했던 대로 지금까지는 여동생 같은 존재로 여겼
기에 설마 그런 감정을 품고 있을 줄은 상상도 못 했다.

그날 유카의 표정이, 행동이, 뇌리에 새겨져 지워지지 않
는다.

석양을 등지면서 유카가 위에서 꽉 누른 채로…….

"또~ 생각에 빠졌네!"

"……미안, 미안."

옆에 앉아 있는 코우미의 목소리를 듣고서 나는 제정신을 차렸다.

"자, 이거 시원한 음료수."

"오오, 고마워. 잠깐만, 지금 잔돈이 있던가…….."

"됐어, 됐어! 이 정도는 내가 살게."

오늘 코우미는 허리에 스웨이드 프릴이 달린 브라운 숏팬츠에 청량감이 넘치는 하얀 스퀘어넥 반소매 차림이었다. 스타일이 좋은 코우미는 다리가 길어 보이는 이런 룩이 잘 어울린다.

"자판기 주스를 사줘봤자 하나도 안 멋있거든?"

"미즈호도 요전에 샀잖아?"

"그건 스타벅스야! 내가 산 게 격이 더 높아!"

코우미의 뒤에서 고개를 빼꼼 내민 사람은 그녀의 친구인 미즈호.

미즈호는 코우미처럼 숏팬츠를 입었지만 색깔은 검은색이었다. 위에는 핑크색 시스루 블라우스를 입었다. 게다가 소매 부분은 레이스로 되어 있었다.

귀여움을 전면에 내세운 미즈호의 이 패션은 자신이 지닌

무기를 잘 이해하고 완벽하게 활용한 듯 보였다.

"근데 마사토, 요즘 확실히 기운이 없네. 무슨 일 있었어?"

"아니…… 아무 일도 없어."

미즈호가 귀엽게 고개를 갸웃거렸다. 그러나 내가 코우미가 넘겨준 주스를 아무 말 없이 마시기 시작하자 이야기를 할 생각이 없음을 눈치채고서 체념해줬다.

닷새 동안 얼마나 그 질문을 들었는지 모르겠네…….

꽤 충격을 받았는지도 모르겠다.

이 세계에 온 지 약 4개월이 지났다. 솔직히 거의 바뀐 게 없어서 종전처럼 살아갈 수 있을 줄 알았는데…… 역시나 다른 세계라는 사실을 호되게 깨우친 기분이었다. 솔직히 방심했다. 유카와 친해졌고, 귀여운 여동생이 생겼다며 별 생각 없이 마냥 기뻐했다.

눈앞에서 대화를 시작한 두 사람을 봤다.

이 둘과도 친해졌다고 자신하고 있고, 예전 세계였다면 이대로 아무 느낌도 없이 지냈을 거다. 귀여운 여자들과 친해졌다며 들떠 있었겠지.

하지만 아니다. 연애 감정……을 품고 있는지는 모르겠지만, 적어도 이 두 사람도 내게 좋은 감정을 품고 있는 듯하다.

그러니 더 이상은 다가가서는 안 된다. 만약에 사귀자는 이야기라도 나온다면 두 사람한테 상처를 주겠지.

이제 와 생각해보니 숙박 여행은 엄청 위험하네……. 하다못해 다른 남자 하나를 더 끼워달라고 요청할 걸 그랬나……. 꼴사납게도 친한 남자는 보이즈 바 동료 말고는 없지만…….

"다음 주가 기대되네!"

"그, 러게."

말장구도 시원스럽게 쳐주지 못했다.

다음 주. 이제 여름방학이 코앞이다. 그 여름방학 초기에 우리는 바다에 가기로 했다.

예전의 나였다면 별 걱정도 하지 않고 태연히 따라갔겠지……. 요컨대 예전 세계였다면 여자 하나가 타입이 다른 잘생긴 남자 둘을 따라가는 상황이잖아? 내가 여자의 친구였다면 걱정했겠지.「괜찮겠어?」하고. 참고로 괜찮지 않다.

그러니 선을 확실히 긋자. 새삼스러운 느낌이 들긴 하지만…….

할 수 있는 일은 해야지.

"얘, 마사토 들어봐. 미즈호가 조금 과감한 수영복을 준비할 거래―."

"아―!! 아―!! 안 들립니다! 들리지 않습니다!! 누구 좋으라고～!"

코우미가 싱글벙글 웃으면서 내게 그렇게 말하자 미즈호가 태클을 걸었다.

왠지 흐뭇해져서 마음이 다소 진정됐다.

요즘에 왠지 두 사람이 삐걱거리는 것 같아서 무슨 일일까, 하고 걱정했으니까.

응어리가 해소됐다면 그걸로 됐다.

"그럼 기대할게."

"우우…… 전혀 그렇지 않습니다…… 최악이야…… 나, 볼품없는데……."

뭐, 이 정도면 괜찮겠지.

알고는 있지만, 18년이나 살아왔던 성격은 그리 쉽사리 바꿀 수 없다. 이게 내 본모습이니까.

다만 바디 터치나 거리감은 고민을 해야겠네…….

오늘은 금요일.

아르바이트 근무를 하고 있으니 평소처럼 18시 반에 세이라 씨가 방문했다.

"어서 오세요, 아가씨. 오늘도 와주셨군요."

"그래. 좋은 밤이야, 마사토."

하얀 반소매 블라우스에 정장 치마. 오늘은 검은 머리를 포니테일로 묶지 않고 그대로 내렸다. 유능한 여성이라는 느낌이 들어서 더욱 멋졌다.

냉정하게 보니 이 사람을 대하는 게 가장 어렵다.

일단 무심하게 평소에 연락하는 빈도를 줄여봤다. 효과가 있는지는 모르겠지만…….

가장 큰 문제는 나 자신이 세이라 씨한테 싫은 감정을 품고 있지 않다는 거겠지.

아름다운 사람이고, 대화를 나누면 즐겁고…….

내게 잘 대해주는 것도 순수하게 기뻤다. 지금 돌이켜보니 바디 터치도 꽤 많은데…… 남자라면 들뜨고 말겠지.

한동안 접객하고 있으니 세이라 씨가 가방 안에서 무언가를 천천히 꺼냈다.

"실은…… 오늘은 건네주고 싶은 게 있어서 왔어."

"어……?"

그녀가 정중하게 포장된 꾸러미를 내밀었다. 나는 그걸 보고서 선물임을 깨달았다.

……오늘은 생일이 전혀 아닌데?

"자, 잠깐만요, 세이라 씨. 전 아직 생일이 멀었는데……."

"생일에는 이런 선물로 넘어가지 않아……. 이건 그냥 답례. 요전에 데이트를 함께 해줬으니까."

그녀가 건네준 꾸러미는 그렇게 무겁지도 크지도 않았다…… 하지만 나도 아는 브랜드 로고가 새겨져 있었다.

아, 여는 게 무서운데…….

"아, 열어봐도 될까요?"

"물론. 이제 그건 네 거야."

조심스럽게 열어봤다. 꾸러미를 열었더니 사각 상자가 또 나왔다. 그 상자를 조심스럽게 열었더니 그 안에는 시크한 남색 넥타이와 넥타이핀, 커프스 세트가 들어 있었다.

색깔도 차분한 것이 내가 아주 좋아하는 계열이다.

하지만 역시나 가격이 마음에 걸렸다.

"우와, 멋져요……. 근데 이거 비싸죠……?"

"아이 참…… 금액 따윈 신경쓰지 마. 마사토랑 잘 어울릴 것 같아서 사버렸어."

세이라 씨가 짓궂은 장난에 성공한 것처럼 웃었다. 평소 모습과 갭이 있어서 무심코 두근거렸다.

위험하네……. 유카와 그런 일을 겪은 후로 이성의 표정에 과도하게 반응하는 경향이 있다.

"하, 하지만…… 진짜로, 돈을 과하게 쓰지 마세요……."

"후후후…… 귀엽다니까."

세이라 씨가 턱을 괸 채로 눈앞에 있는 술잔에 입을 댔다. 그리고 고개를 살짝 숙이더니…….

"역시 마사토는 어중이떠중이들과는 달라. 걔들이 틀렸어. 마사토는 유일무이한 나만의……."

"……네?"

"……아무것도 아냐."

작은 목소리로 뭐라고 중얼거린 것 같은데…… 잘 들리지 않았다.

세이라 씨가 고개를 홱 들더니 무언가 깨달은 듯 내 몸을 응시했다.

"그러고 보니 요즘에 근육이 좀 붙지 않았어? 처음에 만났을 때는 그리도 호리호리했는데."

"어? 그런가요? 그렇지 않은 것 같은데……."

유카와 농구를 하느라 요즘에 운동을 자주 하기는 했는
데…… 또 유카를 떠올리고 말았다.

"자, 이 팔도 그렇고…….."

세이라 씨가 몸을 가까이 붙이더니 내 팔을 부드럽게 쥐
었다.

그때 유카와 겪었던 일 때문인지는 모르겠지만.

——반사적으로 몸을 조금 빼고 말았다.

그 반응을 보고는 세이라 씨가 놀라서 손을 뺐다.

……조금 어색한 침묵이 흐르고.

"——왜, 그러니?"

"아, 아뇨…… 그게 아니라…….."

아뿔싸. 왜 이렇게 됐지?

지난주부터 역시나 이상해진 모양이다. ……그래도 원래
이게 올바른 태도인지도 모른다.

거리감을 제대로 잡아야——.

그렇게 생각한 순간.

어느새 세이라 씨가 바로 옆으로 다가오더니 팔을 뻗어
내 허리에 감았다.

그리고 그대로 자기 쪽으로 홱 잡아당겼다.

"왜 피하는 거야? 마사토?"

여성 특유의 달콤한 냄새가 진하게 풍겼다.

"아뇨…… 저기, 그런 건 아니고…….."

세이라 씨도 술기운이 상당히 돌았겠지.

얼굴이 꽤 빨갰다. 단정하게 생긴 세이라 씨의 얼굴이 가까이에 있어서 몸이 굳어버렸다.

"알았다. 딴 여자한테 무슨 짓을 당한 거지?"

"……!"

"맞네. 요전에 접객했던 귀여운 애? 뭘 당했어? 화내지 않을 테니 알려주렴?"

"아니, 그게 아니고……."

세이라 씨가 오른손을 쥐었다. 그녀가 여전히 왼손으로 내 허리를 꽉 두르고 있어서 꼼짝도 할 수 없었다.

"얘, 마사토……."

"예, 예……?"

세이라 씨의 가느다란 손가락이 내 손가락 사이에 들어왔다.

하나하나씩, 서서히.

이윽고 이른바 연인 깍지가 완성됐다.

내 손을 움켜쥔 그 손은 소리 없이 강렬하게 「이제 놓지 않아」 하고 말하는 듯했다.

"선물은 마음에 들었지?"

"아, 예……."

"그럼……."

세이라 씨가 내 귓가에 얼굴을 가까이 가져갔다.

아, 안 돼. 안 되는데.

나는 세이라 씨를 힘껏 뿌리칠 수 없었다.

……아아, 그렇구나.

나는 유카와 그런 일을 겪은 이후로 거리감이나 바디 터치에 유의해야겠다고 다짐했지만.

그건 이미 너무나도 늦었다.

세이라 씨가 요염하게 웃으며 귓가에 속삭였다.

“……애프터, 갈까?”

필사적으로 몸부림을 쳐봤자 이미 늦었다.

이미 난 깊은 늪 속에 목까지 푹 잠겨 있었던 것이다.

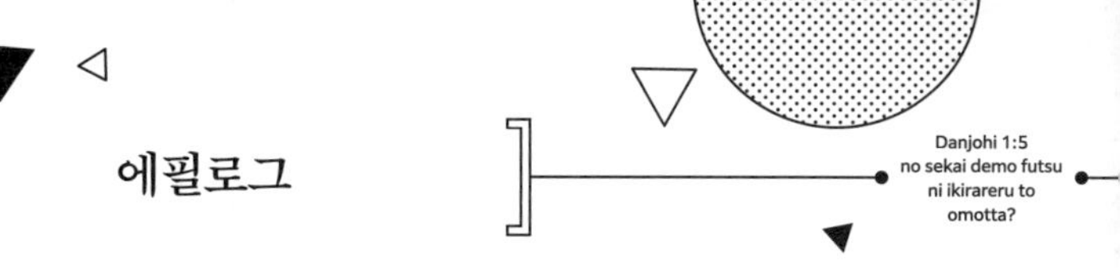

에필로그

아직도 왠지 둥실둥실한 기분에 젖은 채로 나는 집에 돌아왔다.

멍한 채로 욕조에 몸을 담갔고, 루틴인 스트레칭도 몸이 외우고 있어서 어떻게든 마쳤다. 그 후에 엄마가 재촉하는 대로 식탁에 앉아 밥을 먹었다.

맛은 잘 모르겠지만, 배가 고팠는지 어느새 저녁을 다 먹었다.

"……잘 먹었습니다. 오늘은 이제 잘래."

"어머, 그래? 유카, 너 집에 오고서 내내 좀 이상하던데 무슨 일 있었니?"

"아, 아니, 전혀 이상하지 않아. 그럼 잘 자!"

식기를 싱크대에 옮긴 뒤 나는 엄마한테서 도망치듯 방으로 돌아갔다. 빠른 걸음으로 복도를 걸어 방으로.

뒷손으로 문을 힘껏 닫고서—— 나는 침대에 뛰어들었다.

"하아……!"

이불을 힘껏 끌어안았다. 이러고 나서야 비로소 심장이 아직도 시끄럽게 두근거리고 있음을 깨달았다.

눈을 감으면 금세 떠오른다. 깜짝 놀란 마사토 씨의 표정. 내 시야에 한껏 들어찬, 좋아하는 사람의 얼굴.

부끄러워하며 얼굴을 붉힌 마사토 씨를 눈앞에서 처음 보고서 나는 말로 표현할 수 없는, 등골이 오싹해지는 감각을 느꼈었다.

힘껏 끌어안고서…….

입술에, 검지를 대본다. 또렷하게 남아 있는…… 마사토 씨의 입술 감촉. 퍼스트 키스는 레몬맛이라고 어디선가 본 적이 있는데, 맛은커녕 딴 생각을 할 겨를이 전혀 없었다. 그저 눈앞에 있는 좋아하는 오빠의 모든 걸 느끼고 싶어서.

"잘 된 걸까……."

돌이켜보니 지금껏 참았던 욕구가 폭발한 것처럼 그저 마사토 씨를 맛본 듯했다.

물론 아무리 맛봐도 만족할 수 없지만, 언제까지고 농구 코트에 쓰러진 채로 그러고 있을 수는 없었기에……. 아쉽네. 조금만 더 하고 싶었는데. 에헷.

벌러덩 누워서 몸을 힘껏 대 자로 뻗어봤다. 그래도 마음이 진정되지 않았다.

"좋아…… 정말 좋아……."

나직이 중얼거렸더니 몸이 화끈거렸다. 내 마음이 마사토 씨를 강하게 원하는 게 느껴진다.

지금은 없는 마사토 씨한테 마음을 부딪치듯 이불을 다시금 세게 끌어안았다. 이런 행위로 채워지지 않는다는 걸 잘 알지만, 이렇게라도 하지 않으면 넘쳐흐르는 이 감정을 주체할 수가 없어서.

한숨을 크게 내뱉고서 마음을 진정시킨다.

오늘 겪었던 일은 분명 평생 잊지 못하겠지. 그만큼 내게
는 소중하고 근사하고 최고의 하루였다.

좋아하는 농구도 그렇다. 마사토 씨를 이기기 위해 몰래
연습하여 마침내 승리를 달성한 것도 기쁘다.

물론 그건 단판 승부여서 이겼을 뿐이다. 아직도 기술과
경험 모두 마사토 씨한테 한참 못 미친다.

그래도『여동생』이라는 감각에서 빠져나오기 위해 농구로
마사토 씨를 이기는 건 분명 필요한 한 걸음이었다고 생각
한다. 옆에 서기 위해서는 언제까지고 가르침만 받는 존재
로 남아서는 안 되니까. 마사토 씨한테 농구로 이겼을 때 마
음을 전한다.

그렇게 정했기에 오늘은 정말로 기뻤고…….

그리고 무엇보다 마사토 씨의 그런 모습을 봤다.

"으……!"

무심코 이불에 얼굴을 묻었다.

지금 떠올려 봐도 등골이 오싹거렸다. 아아, 근사하고 멋
지고, 하지만…… 그렇게 귀여운 표정도 지을 줄 아는 마사
토 씨. 역시 그런 사람은 이 세상에 딱 한 사람뿐이야.

오늘 그토록 입맞춤을 하고서 깨달았다. 그토록 달콤하고
살짝 야한, 그런 감각을 맛봤다면 이제는 돌이킬 수 없다.

──있잖아요, 좋아하는 마사토 씨.

저, 난감해요. 왜냐면 아무리 생각해도.

앞으로 만날 때마다…… 참아낼 자신이 없거든요.

요즘에 걸즈 바에 오랜만에 가고 싶지만 용기가 나지 않는 미후지 코타로입니다.

『남녀비 1:5 세계에서도 평범하게 살 수 있을 줄 알았어?』 2권을 구입해 주셔서 감사합니다.

……근데 말이죠? 실은 제가 걸즈 바나 그런 가게에 갔던 건 3년 전이 마지막인지라…… 그 당시 기억에 의지하여 본작에 등장하는 보이즈 바 장면을 그리고 있습니다. 그런데 기억이 상당히 모호해졌네요. 그래서 취재를 겸해서 가고 싶은데 혼자서 가기에는 레벨이 너무 높지 않나……?

그보다도 가더라도 취재가 될까……? 경비 처리 안 됩니까? ……아, 안 됩니까?

자, 우스갯소리는 이쯤하고…… 대단히 오래 기다리셨습니다. 압도적인 청초 여고생이 드디어 등장했습니다. 이로써 히로인이 다 모였고, 그리고 마지막에는 히로인 레이스에도 변동이 생긴 2권입니다.

본작의 라스트 신은 인터넷에 게재했을 때에도 반향이 컸기에 그 대목까지 그려낼 수 있어서 정말로 다행입니다. ……아, 세이라 씨가 유혹하는 장면 말고요.

이 작품은 인터넷에 게재된 소설을 서적으로 정리한 겁니다만, 이 2권부터는 인터넷에 올라오지 않았던 이야기가 늘

어납니다. 실은 인터넷에 게재했을 때에는 이야기 템포를 의식한 나머지 내용을 지나치게 꽉꽉 담아서 전개했죠. 그래서 이야기의 본 흐름은 물론 바꾸지 않으면서도 캐릭터들에게 확실히 감정이입할 수 있도록 여러 에피소드를 더해봤습니다. 재밌게 읽으셨을까요?

그리고 아마도 2권이 발매되면서 동시에 고지가 될 텐데, 이 작품의 코미컬라이즈가 결정됐습니다! 해냈어요!

제 입으로 말하려니 민망한데, 이 작품의 가장 큰 매력은 히로인들이 지닌 귀여움과 감정 표현에 있다고 생각합니다. 그런 부분을 쉽게 보여줄 수 있는 만화로 꾸며진다면 작품의 매력을 보다 강하게 전해드릴 수 있을 것 같아서 두근거립니다. 속보를 기다려 주세요!

전권에 이어서 감사 인사를 올립니다. 코미컬라이즈에 관하여 전력을 다해주신 담당편집자 S씨. 늘 감사합니다. 그리고 그걸 받아주신 편집부 여러분께도 감사합니다.

그리고 근사한 일러스트를 그려주신 Jimmy님. 이번에도 정말로 최고의 일러스트를 그려주셔서 감사합니다. 우와, 표지 속 유카, 너무 귀여운 거 아닙니까?

그리고 이 작품을 읽어주신 여러분께도 감사를 올립니다! 다음 권에서도 뵐 수 있기를 진심으로 기원하겠습니다. 그럼 또 봐요!

찻집에서 창피한 줄도 모르고 유카와 세이라 씨를 컴퓨터 배경으로 설정하면서.

미후지 코타로

DANJOHI 1:5 NO SEKAI DEMO FUTSU NI IKIRARERU TO OMOTTA ? Vol.2
~GEKIOMO KANJO NA KANOJOTACHI GA MUJIKAKU DANSHI NI HONRO SARETARA

©Koutarou Mifuji 2024
Edited by 전격문고
First published in Japan in 2024 by KADOKAWA CORPORATION, Tokyo.
Korean translation rights arranged with KADOKAWA CORPORATION, Tokyo.

남녀비 1:5 세계에서도 평범하게 살 수 있을 줄 알았어? 2

2025년 12월 1일 1판 2쇄 발행

저   자 미후지 코타로
일 러 스 트 jimmy
옮 긴 이 박춘상
발 행 인 유재옥
이   사 조병권
편   집 정영길 조찬희 박치우 이소의 정지원 최유정 김혜주
디자인랩팀 김보라 전세연
디지털사업팀 김지연 윤희진 장혜원
라이츠사업팀 김정미 이지현 유아현
영업마케팅팀 최원석
물 류 팀 백철기 이새롬
경영지원팀 최정연
인쇄제작처 ㈜코리아피엔피
발 행 처 ㈜소미미디어
등   록 제2015-000008호
주   소 서울시 마포구 토정로222, 502호 (신수동, 한국출판콘텐츠센터)
판매 및 마케팅 (070) 8822-2301

ISBN 979-11-384-8767-2
ISBN 979-11-384-8686-6 (세트)